文说非遗

WEN SHUO FEIYI

刘德奉 主编

西南师範大學出版社
国家一级出版社 全国百佳图书出版单位

图书在版编目(CIP)数据

文说非遗 / 刘德奉主编 .—重庆：西南师范大学出版社，2020.1
ISBN 978-7-5697-0061-9

Ⅰ. ①文… Ⅱ. ①刘… Ⅲ. ①散文集 – 中国 – 当代
Ⅳ. ①I267

中国版本图书馆CIP数据核字(2019)第280912号

文说非遗

WEN SHUO FEIYI

主 编 刘德奉

责任编辑：李 君
责任编辑：王玉竹
装帧设计：魏显锋
排 版：吴秀琴
出版发行：西南师范大学出版社
网址:http://www.xscbs.com
地址:重庆市北碚区天生路2号
市场营销部:023-68868624
邮编:400715
印 刷：重庆市正前方彩色印刷有限公司
幅面尺寸：145mm×210mm
印 张：6.75
字 数：220千字
版 次：2020年9月 第1版
印 次：2020年9月 第1次印刷
书 号：ISBN 978-7-5697-0061-9
定 价：39.00元

用文学表达
另一种激情

——重庆非遗散文集《文说非遗》序

◉刘德奉

非物质文化遗产是人类发展和文明进步的重要组成部分，是人类文化多样性的突出表现。保护和发展人类共同创造和拥有的非物质文化遗产，就是保护我们自己的精神家园。

中国是联合国教科文组织《保护非物质文化遗产公约》缔约国之一，中国也是相关成果被列入联合国人类非物质文化遗产名录最多的国家。2008年，第一批被列入名录的就有4项，到2018年已经有40项，其中代表作就有32项。从保护和弘扬的角度看，我国非物质文化遗产保护的力度名列世界各国前位，效果显著。可以自豪地说，我们重视自己的文化，正在努力保护自己的文化。

重庆具有3000余年的悠久历史，同时又是多民族杂居地区，有着深厚的文化底蕴，拥有众多的非物质文化遗产。目前挖掘和整理出来的保护线索就多达4100余条，其中有44条被列入国家级保护名录，700多条被列入重庆市级保护名录。有59名优秀传承人被授予国家级传承人，700多名被授予市级

传承人；还有若干的区县级“非遗”保护项目和传承人；秀山、酉阳、黔江、彭水、武隆、石柱六区县被列入国家“武陵山（渝东南）土家族苗族文化生态保护实验区”进行整体保护；传承永川豆豉酿制技艺的重庆市永川豆豉食品有限公司被建成国家级生产性保护示范基地。

中国自加入联合国教科文组织以来，出台了《中华人民共和国非物质文化遗产法》等一系列法律法规，成立了从文化和旅游部到各省市、区县的政府专业管理机构，投入了大量经费，采取了众多措施对“非遗”加以保护和传承，取得了突出成果，为保护和弘扬中华优秀传统文化发挥了积极作用。

非物质文化遗产，是指各族人民世代相传并视为其文化遗产组成部分的各种传统文化表现形式，以及与传统文化表现形式相关的实物和场所。其包括传统口头文学以及作为其载体的语言，传统美术、书法、音乐、舞蹈、戏剧、曲艺和杂技，传统技艺、医药和历法，传统礼仪、节庆等民俗，传统体育和游艺，其他非物质文化遗产。

这是一种专业性较强的表述和分类。其实，这种文化形态在没有这个名词之前就已存在，我们曾经称之为民族民间文化。这个词似乎更能让人理解，但为了更好地与国际接轨，用“非物质文化遗产”一词也无妨。这只是

一个代号而已，核心还是我们自己独有的文化。

非物质文化遗产其实就在我们身边，就是我们生活中的一部分，它在丰富我们生活的同时，也充实着我们的精神。专业上把它们细分为民间文学，传统音乐，传统舞蹈，传统戏剧，曲艺，传统体育，游艺与杂技，传统美术，传统技艺，传统医药和民俗十大类别。其实哪一类我们都接触过，哪一类我们都十分熟悉，哪一类在我们生活中都离不开。被列入联合国人类非物质文化遗产代表作名录的昆曲、古琴艺术、中国书法、中国篆刻、京剧、中国雕版印刷技艺、中国皮影戏、中国珠算、二十四节气等，都是中华民族优秀传统文化的代表性符号，都是我们祖宗所创造的精神财富，都是我们珍贵的文化遗产。重庆地区的如川剧、铜梁龙舞、蜀绣、川江号子、土家族吊脚楼营造技艺、荣昌夏布织造技艺以及以《太阳出来喜洋洋》为代表的石柱土家啰儿调和以《黄杨扁担》为代表的酉阳民歌等，哪一样不为我们所熟知，哪一样不为我们所敬仰，哪一样不为我们所自豪呢？

非物质文化遗产，如重庆火锅、蜀绣绣品、土家族建筑、民间故事、民间传说、民间歌曲、民间舞蹈、民间杂技、民间体育等，其背后都包含着某种精神表达。或者说，非物质文化遗产每一个项目生成的过程，都充满着丰富的情感和艺术。

因工作关系，我欣赏过很多非物质文化遗产项目的生产、展示过程，其情其景让人感动、心生敬畏。这些项目的传承人不是用技术在表达，而是用激情在演绎。每一个姿势，每一个动作，每一个眼神，每一个步骤，每一个作品，都是一次完整的艺术呈现，都被赋予了丰满的情感，都予人以物质和精神享受。无论是用于生活的，还是纯粹性艺术，都具有保存、流传的价值。《文说非遗》里，阿蛮有一文，题曰《蜀绣的震撼》，他不仅对康宁的艺术表现感到惊讶，还生出了十分敬仰的心情，并积极将其申报为保护项目，后来还专门为其写了一部长篇小说《纪年绣》。我在这里还得说，我们敬仰康宁的蜀绣艺术，还要敬仰阿蛮的文化精神——一种保护、传承非物质文化遗产的高度责任感。我也曾经因为被梁平区一位名叫徐大成的陶器制作者所感动而写过一文，题为《陶韵流长》，文中写道：“徐大成先用脚把石车盘转动起来，然后拿来竹竿。一头抵着石车盘，一头握在手上，再使劲地转。这盘在竹竿的加速度作用下，转得更快，如轮在飞，竹竿也快得似乎成了一个圆锥形，而他的右手便是圆锥的尖。转动的时候，他脸上的表情是喜悦的，手臂运动是自然的，整个身体是协调的。我感觉他不是在劳动，而是在做艺术表演，所表达的神情和动作，有一种强烈的律动感。这律动越来越强，越来越快，如边塞诗，如高亢文，亦如指挥棒在指挥家手中激情飞舞，亦如鼓槌在打击乐手手里有节奏地起落。"那场景，多年后一直留在我心底。

非物质文化遗产离不开人。文化是人创造的，非物质文化遗产是由某个社会群体的人共同创造、共同拥有的。国家为保护某个非物质文化遗产项目，将其传承人列为重点保护或扶持对象，是一种保护措施。这些传承人为了非物质文化遗产，甚至将其一生贡献出来。在重庆有大量的传承人，他们的生活并不宽裕，但一心系于非物质文化遗产的传承与发展。胡雁冰所写的《老杜与广阳民间故事》便介绍了这样一位传承人的故事，杜志榜是一个普通的事业单位职工，但他把一生的心血都用到搜集整理和传承民间故事上。刘雪梅所写的《嘉陵江畔少林堂》，文中充满激情地介绍了"针灸·刘氏刺熨疗法"这一保护项目的传承人刘光瑞的奋斗历程。读其文，想其人，感其情啊！

近年来，非物质文化遗产受到国家的重视，成了社会关注的热点，很多企业也乐于将这些传统文化创造性地转化出来，特别是那些可以进行经济运作的项目大受企业青睐，市场效果也特别好，如涪陵榨菜传统制作技艺、夏布织造技艺、荣昌陶器制作技艺、梁平竹帘、西南卡普（土家织锦）制作技艺等已经在市场上取得了很好的反响。对于非物质文化遗产，媒体也大为关注，已经拍摄并播出了一百多集专题片，有关的宣传报道也随处可见。总之，大报小报、大网小网、展示展演、主题交流、论文专著等形式，层出不穷。用散文表达的方式传播"非遗"，就是在这样的氛围之下策划的。

《重庆晚报》副刊是重庆关注文化、宣传文化的主要媒体平台之一，其文学性突出，广受关注。有鉴于此，重庆市非物质文化遗产保护中心与《重庆晚报》副刊部合作，在其珍贵的版面上设置专题栏目，专门邀请广大散文作家和散文创作骨干，集中书写重庆的非物质文化遗产，我们在很短时间内就收到了大量文章，并连续刊载，取得了良好效果。特别是老作家邢秀玲，跑到大山里去采风，写出了《天坑寨子的非遗传人》一文，给我们呈现了大家平常难以见到的少数民族文化。还有文猛的《背二哥背二歌》、简云斌的《青山唢呐如马嘶》、熊魁的《龙骨坡抬工号子》、陶灵的《大河的生命之歌》等，这些充满激情的文字，既有知识性，还有可读性。为了进一步扩大这一活动的宣传效果，更好地保存这些难得的资料，我们将其结集出版。

在这里，我们要感谢《重庆晚报》的编辑同志、广大的作家朋友，感谢西南师范大学出版社，让我们的非物质文化遗产与文学一起更久远地流传。

由于组稿时间仓促，宣传时间有限，还有大量的非物质文化遗产项目没有被记录下来，实为遗憾。当然，我们也期待更多的散文家、散文骨干，继续不遗余力地关注“非遗”保护与发展，写出更多更好的文章，在更多的平台上弘扬和传播这些优秀的传统文化。

2019年6月29日

目录

麻柳荷叶

◉周玉祥

1994年，赖云霞被调到巴南区麻柳嘴镇文化站(现巴南区麻柳嘴镇文化服务中心)，从此就与麻柳非物质文化遗产(下称“非遗”)的挖掘、保护与传承结下了不解之缘。当时，巴南区文化局(现巴南区文化和旅游发展委员会)要求每个镇街申报特色文化项目。赖云霞人生地不熟，完全不了解麻柳嘴镇的特色文化。但她自1984年参加工作以来一直从事文化工作，爱好文化工作，加上1987年参与过民间文学三套集成普查，之前的工作给她打下了很好的底子，很快她就有了自己的想法，决定逐村挨家挨户调查，打听当地有什么特色文化。功夫不负有心人，经过一段时间的努力，她终于理出了头绪。当年，麻柳嘴镇就申报了荷叶、根雕、山歌、莲箫、秧歌、花鼓等六个特色文化项目，在全区算报得较多的镇街。后来，经过多年的努力，2008年，麻柳荷叶、根雕、山歌、莲箫、花鼓被纳入区级“非遗”保护名录。2014年，麻柳荷叶因其稀有的说唱艺术、完整的故事情节以及单人多行当的表演特点，被列入重庆市第四批市级“非遗”代表性项目名录，名声越来越响。

荷叶是赖云霞挖掘麻柳嘴镇特色文化时最先想到的项目。她记得曾经在1987年左右看过一个叫李明的人表演一种节目，叫“荷叶”，时隔多年赖云霞都还有印象。赖云霞便开始寻找李明。但是，问遍了镇政府机关和村干部，也没有找到李明。调查了大半年，好不容易才打听到李明的哥哥。他告诉赖云霞，李明早就不唱荷叶，外出打工去了，在石桥铺一家公司开车。他劝赖云霞不要去找她，说唱荷叶养不活人，他妹妹是不会回来的。赖云霞当然不死心，好说歹说要到了李明的联系方式，并且最终联系上了李明。

1996年初，赖云霞跟李明终于见了面。在赖云霞的办公室，李明为她表演了麻柳荷叶的经典曲目《良心》。《良心》讲述的是一位早年丧夫的母亲，含辛茹苦把三个儿子拉扯成人，给他们安了家，没想到儿子们却没有孝心，只是碍于面子，才轮流让母亲到自己家住。二月底，这位母亲按老幺的吩咐，去老大家。但老大觉得老幺占了便宜，当天晚上不愿接纳母亲。母亲悲愤交加，述说了自己抚养三个儿子的艰辛……故事本身比较感人，李明唱得又好，赖云霞边听边哭。她把李明带到领导的办公室，请她唱给领导听。不光领导听哭了，赖云霞也再次听哭了。李明的表演水平和荷叶的艺术魅力完全征服了她。她下定决心要把麻柳荷叶挖掘出来，好好打造，让更多的人欣赏到这种濒临失传的艺术。

当年，木洞片区举办文艺汇演，麻柳嘴镇就推荐李明去唱荷叶《良心》，结果台下的观众哭成一片，她唱多久，台下的观众就哭多久。李明的演出非常成功。荷叶的艺术魅力一下子展现了出来，这让赖云霞对打造麻柳荷叶充满了信心。

接下来，通过走访相关人士、查阅资料等渠道，赖云霞对荷叶有了较为全面的了解。

荷叶是川剧派生出来的川渝地区民间曲艺品种，大约形成于清末。表演时演员左手拿苏镲、檀板，右手持竹签击镲伴奏。因苏镲系的红绸下垂状如荷茎托叶而得名。麻柳荷叶是外来艺术和本土艺术相结合形成的。其实，新中国成立前就有外来曲艺队到麻柳嘴镇演唱荷叶。新中国成立后到1965年前，多由村社等集体组织举办演唱活动。后来，由于缺乏组织引导，荷叶慢慢淡出人们的视线，逐渐为年轻人所不知。

麻柳荷叶只有一个调子，唱词分为三个唱段。第一段为开场导语，又称书帽；第二段为正词，即主体内容；第三段为结尾，主要是客气话。书帽其实就是开场白，目的是吸引观众，所以语言通俗且有点儿搞笑。表演者可自行创编，但要讲究韵脚，而且最好配合正词一韵到底（也可单独押韵），非常考人。荷叶表演者经常唱的这段书帽就很搞笑：

“有详有详真有详，黄糕粑离不得漏子糖。麦子老了熬得酱，甘蔗老了熬得糖。那虱子蛇蚤怕开水烫，臭虫怕晒大太阳。肥猪它怕的是杀猪匠，牯牛最怕进宰房。那歪嘴妇人她怕照相，儿怕老子女儿怕娘。常言道一样东西要怕一样，粑耳朵他最怕恶婆娘。闲言几句随风绕，赖云霞书归正传表其他。朋友们，我把那《×××》表端详……”

结尾就简单得多，主要是表达谢意：

“大江南北我走过，这方朋友最热情。本人才疏又学浅，抱拳一揖就算谢恩！”

麻柳荷叶唱词内容十分丰富，有歌唱男女爱情的，有夸赞孝敬父母的，有关于教育子女的，还有歌颂党的政策方针的。从格调上看，基本上是高雅的。

李明酷爱荷叶艺术，她在木洞片区演出成功后，文化站决定请她来传承这项濒临失传的艺术。她也非常乐意。赖云霞着手购置道具，物色传承人。一套正规的荷叶道具在当时少说也得一两千，由于经费紧张，赖云霞就到朝天门批发市场批发最便宜的东西，做道具用的荷叶叶片是铜制的，很贵，文化站买不起，就用镲子代替。总之，完全因陋就简，想的就是怎样先把班子搭起来。李明先后收了蒋光美、莫生兰、王庆兰等人为徒弟，悉心教授他们唱荷叶。后来，在组织这项工作的过程中，赖云霞发觉自己越来越喜欢这门艺术，也跟着李明学唱荷叶，并且多次登台演出，得到了观众的认可。

荷叶这种艺术形式看似简单，其实学起来很难，它没有谱子，完全靠口口相传，唱起来拐拐弯弯，难学难唱。有天赋学得会的不一定愿学，愿学的不一定能学会。由于经费有限等多方面的原因，李明不可能待在镇上教大家唱荷叶，要隔段时间才能来，学员也各有各的事情，荷叶传承起来困难重重。即便这样，麻柳荷叶的传承工作也一直没有间断，尤其是《良心》这个节目，演一次成功一次，影响力很大。

2007年左右，文化站才第一次在麻柳嘴镇上正式推出麻柳荷叶，由李明演唱经典曲目《良心》。正如赖云霞所料，观众哭得一塌糊涂。许多群众都对赖云霞说："文化站为什么现在才演这个节目，早就该演了！"

其实，赖云霞也在思考《良心》这个节目为什么经久不衰，每次都能打动人心？她认为不外乎有三个方面的原因：一是这种方言式的说唱老百姓都能听懂，没有语言障碍；二是故事内容能引起观众，尤其是老年观众的共鸣；三是李明确实唱得好，不知不觉间就把观众引入了情境。

麻柳嘴镇党政领导高度重视"非遗"传承工作。2014年，在镇领导的大力支持下，麻柳荷叶培训中心成立，这是迄今为止全市唯一的荷叶培训基地。麻柳荷叶也引起了国家级"非遗"传承人、重庆市荷叶表演艺术家郝世福老师的关注。他愿意支持麻柳荷叶向更高层次发展。赖云霞多次去市里向他请教,他也多次到麻柳嘴镇指导工作,培训演员。

在社会各界的关怀下,麻柳荷叶逐渐走出了深山,走向了广阔的舞台。2008年,麻柳荷叶与根雕等其他几个项目被列入巴南区非物质文化遗产项目。2009年,李明被巴南区确定为麻柳荷叶当代传承人。2014年,李明被确定为市级"非遗"传承人,并屡次在各类比赛中获奖。2012年,李明表演的《良心》在重庆市第三届曲艺大赛上荣获一等奖。2014年,李明表演的《耗子告猫》在重庆市第四届曲艺大赛上荣获二等奖。对于一个偏僻小镇来说,能够取得这样的好成绩,实在不容易。

麻柳荷叶不光丰富了群众的文化生活,还有着非常重要的教育意义。有位学员学成后,自己组建了一支演出队伍,常常在老百姓的婚丧嫁娶等日子被请去演出。有一次,他们受邀赴邻镇为某户人家的老人庆生,那天恰好有个节目就是荷叶《良心》。没想到那家的情况跟故事里的情况非常接近,据说儿女们都是红着脸看完那个节目的,当地的人看了都觉得唱得好,心里很解气。

当然,赖云霞也清醒地看到了麻柳荷叶面临的困境,诸如传承人难找,缺少新曲目,等等。看到了这些问题,她就想办法解决。从2013年起,麻柳嘴镇文化服务中心启动了"荷叶进校园"的工作,在当地老师中间培养传承人,再由他们去培养中小学生。只有这样，麻柳荷叶才能后继有人，代代相传。学校也非常支持这项工作，特别是麻柳嘴镇小学，老师和学生的积极性都非常高。校方还把麻柳荷叶纳入乡村少年宫活动，只要镇里有活动，这个项目都参加。他们创编的《话说十二月》《扯谎歌》《小菜开战》等节目，反响非常不错。粗略统计，现在会唱麻柳荷叶的中小学生有近100人，加上成年人，会唱麻柳荷叶的有200多人，其中有市级传承人一人，区级传承人一人。在曲目上，除了传统的《良心》《耗子告猫》《疑人偷鸡》，镇里还组织人员根据老百姓的身边人身边事编写曲目。2017年，在巴南区戏剧曲艺家协会的帮助和郝世福老师的指导下，该镇创作了荷叶《麻柳好人董庆云》。同时，赖云霞等人也在探索如何创新麻柳荷叶的表演形式。原来的麻柳荷叶都是一人表演，只适合茶馆等小范围演出，如果搬到舞台上，则显得有些单调。要想吸引人，必须加大规模。2015年丰盛古镇开街，组织者就将演员由一人增加到三人，演出的效果非常好，群众里三层外三层，将舞台围得水泄不通。2017年巴南区第五届乡村文艺汇演，演员增加到四人。创新当然有风险，那次参演的《麻柳好人董庆云》只得了个三等奖，但市里的评委在现场点评时对其评价非常高："巴南区的这场文艺节目演出，具有巴南地方特色，特别是麻柳荷叶，每位演员都演得非常好，现在还能把荷叶原汁原味演出来，并且传承下去，已经很不错了！"

赖云霞想，既然麻柳荷叶能得到老百姓的喜欢，又有政府的大力支持和专家的关心，她就有责任、有信心把它保护好、传承好。在今后的工作中，她将致力于创新，让麻柳荷叶真正融入老百姓的生活，吸引更多的群众来唱荷叶，把麻柳荷叶一代代传承下去。

陶韵流长

◉刘德奉

一

丙申盛夏，七月中浣，我与友人赴梁平采风。穿越过大山，我们来到合兴镇成诚土陶厂，按我小时记忆，那就是窑罐厂，专门生产生活用的坛坛罐罐。

铺展在我眼前的就是这样一个厂，厂房并不宽大，大约三百来平方米，两大间，生产间和储存间混在一起。生产间中有已经和好的泥，一堆用薄膜盖着，防止天热干掉，一堆仍裸露着，有少许水分，用手轻轻触摸，泥土如婴儿的肌肤，滑滑的，嫩嫩的。还有制陶的盘，这盘也简单，由一块圆形的石头、一根铁制的轴承组成，手脚一触即可转动。没有专业座椅，一块没有刨平的木板便是落座之处。落座处的右边有一个陶缸，用于丢弃制作时余下的泥。左边有一个石台，堆放着已经切分好了的泥，随时待用。储存间只是用于存放刚刚制作出来的陶器，里面此时已经堆放着数百个待烧的陶坯，这些陶还没有上釉，灰白色，呈现着它们的本真，大大小小，形态各异，整齐有序地排列在透光透风的厂房里。厂房的旁边，有一座七孔的窑，此时没有点火，正在那里冷着，与厂房一起构成这个厂的整体。

这个厂只有两个人，一个师傅——徐大成，既是厂长，又是工人；一个徒弟，既是学生，又是骨干。

这个厂建在大山深处的半坡上，与星星点点的农家构成这山间的人文代表。厂房用土墙夯筑，40多年过去了，墙体虽然多处开口，看似有些危险，实则还是十分坚固。屋顶用的木架子，盖了山间生产的青瓦，中间还夹有多处亮瓦，所以，不用开灯，光线也很好，而且柔和。

我同朋友站在厂房的门口，望着辽阔的远山和湛蓝的天空，有一种空旷与豪放之感。加上厂前厂后种满了苞谷、谷子、蔬菜，一种心旷神怡之感涌上心头。我心想，在这样的环境里，这样的大山上生产出来的陶罐，当是生活中的极品，精神上的高品。虽是平常，实属伟大。

二

今天我们所见的陶，有的被称之为土陶，梁平在认定其作为非物质文化遗产保护项目的时候就称为：梁平土陶。

其实陶并没土洋之分，也可能是梁平人，或外地人认为它的制作工艺有些土，产品有些土，生产环境有些土，即土里土气，没有现代感。或者认为陶只能为老百姓生活所用，进不了高雅之堂，甚至现在连城里人都很少用了。所以，称之为土。准确地讲，一万多年前，从劳动人民发明它到现在，它一直姓陶。我想再过一万年，或者更长久，它仍然会姓陶。称之为瓷的，都是陶的后代，都是衍生。质地改变了，色彩改变了，外形改变了，其祖宗仍然存在。瓷虽然也有数千年历史，然大家常称其为“陶瓷”，祖宗不是附带的，而是主体。

厂房里所堆放的陶，无论是土陶，还是其他的陶，都不要紧。我看见它们一排排整齐列队，如秦之兵马俑。一个个鲜活的生命，如万年后复醒。有的已经风干，等待进窑煅烧；有的湿润如初，还能看见泥土正渗着水渍。它们个头不大，长相清秀，它们静默在山上，走出山后最多也不过到达县城。它们不会有飞黄腾达的命运，也不会有突如其来的荣耀。只是静静地被人交易，静静地为人奉献，说不定某一天，主人一不小心，它们就全身粉碎了，没人会叹息，将其扫地出门便罢了。如果命好，再化为陶土，再被人捏制，再被人收留，在陶的路上再走一遭。

这些陶，让我想起了原始社会先民的伟大，他们在无意中让泥土与火交融，然后形成千年万年不灭的创造力，并使其成了人们生活所必需；这些陶，让我想起了仰韶文化、大汶口文化、大溪文化、山背文化、马家窑文化、河姆渡文化、石峡文化、红山文化等不同地域的文化，它们共同构筑了陶文化的根基；这些陶，让我想起了陶从红陶变成黑陶、白陶、灰陶……然后变成瓷，变成白瓷、彩瓷……既丰富生活，又丰富精神。这些陶，不仅让我想起了民窑，还有官窑。官窑出精品、出礼器，民窑却生生不息，包括这山间的土窑。这些陶，还让我想起了影响世界的，传承中国文化的背后，陶所做出的巨大贡献。故此，这陶生在大山之中，出发于万年之前，至今仍与人相依相伴，如何不让人感动。

三

成诚土陶厂所用的土就在对面的山上，顺着徐大成右手所指的方向，我们看到了百米开外的山体有一处已经裸露，那便是他采土的地方。他说这土好，制作出的罐透气又不渗水，最利于泡酸菜，匍菜，装苞谷、麦子，或者过年时放爆米花。这土学名叫观音土，俗称白善泥，土细、色白、味甜。困难时期，农人们常用它来充饥。弄来锅里烙成饼，适当吃几个，可解无粮之急。我的父辈，甚至大哥、二哥、姐姐都吃过这样的土，他们每讲至此心酸不已，现在想起来也有些悲伤。

不同的土有不同的制陶效果，这是自然，否则中国的陶不会有这么多的色彩，也不会有这么多的质地。

专家分析，窑厂应重视交通方便，但我说，材料当是第一。如果没有这山上的白善泥，成诚土陶厂也不会建在这大山上。

原始社会的制陶我没看过，所以无法对比今天徐大成的制陶。但现代化的制作工艺我是欣赏过的，而今天所见，仍属于传统制作范围。徐大成在百忙中专门为我们做了一次演示。他制作时所需的工具为：一个石车盘，一条木板凳，一块小木片，一根小钢丝，一个收集余泥的陶缸，数个竹编的箍圈，余下的便是一双手。手脏了就往身边的墙上抹，腰酸了就席地而歇。不像现代化工厂，除了现代化工具，还有工作台、专用灯、空调……

旁边的土窑有七孔，连建在一个斜坡上，形成一个整体。上覆有木架子瓦盖，做防水之用。每孔窑口已经让炭火烧成紫红，风霜之后留有白色水迹，一种历史感、沧桑感跃然窑上。每孔窑口斜上方还有一个观察孔，徐大成说，这是观察烧制的进程所用。电、气窑靠仪表控制温度，他则靠经验观察效果。我们问现在为什么没有点火，徐大成说，因为产量限制，一年只能烧制三批，分在春秋冬，人也闲，天也凉。夏天点火，要守窑、装窑、出窑，受不了那个热。如果使用天然气，或者电窑子，当然随时可烧，但一次烧得少，他则3000个起步，一烧一大批，销售、送货也方便。他不仅做陶罐，还要干农活，他首先是个农民，有土地，还得劳动。这时节快要收苞谷了，再过一个月又要收谷子，正是一年农忙时。

四

人类社会的发明都能物尽其用，陶的发明亦是如此。原始社会早期，人们把泥敷在瓜壳、藤编上，加温以坚固器物，做成最早的陶。后来发现可以全用泥造，便有了尖底的、圆底的、平底的陶罐。它们用来烧水、煮饭、盛物，成了早期的生活用具之一。我们现在常能看见尖底的陶、圆底的陶、平底的陶，其实那都是陶的萌芽，而非今天习用的样式。

但是，万年之后的今天，我身边的成诚土陶厂，由徐大成制作出来的陶，亦如原始社会所生产的产品：皆为生活所用。

这里的产品并不多，这并不缘于只有两个工人，恰是出于陶厂的生产经营考虑。我一一清点，只不过几个品种：泡菜坛子、甯菜坛子、储酒罐子，还有舂钵、花盆。虽是大小不同，造型各异，有的还适当进行了美化，但从功能上讲，也仅如此。与原始社会初期相比，其具体用途发生了变化，但总体功能并没有本质区别。更准确地讲，有的功能仅限于南方，或者巴蜀地区生活所需。北方的泡菜腌制没有如此工具，更没有干咸菜这样的菜品。我小时上学，生活贫困，带上一点儿咸菜便可下饭。现在重庆人外出，如果饮食不适，带上泡菜衍生的产品——榨菜丝，也是常事。如果说，这样的制陶文化要追根溯源的话，应当列入新石器晚期大溪文化吧，因为我们就处在它的发源地——长江中游的腹心。

南方产酒，且多有名气。殊不知窖藏的重要工具是陶罐。国窖也好，茅台也好，五粮液也好，多用陶罐窖藏而来。而徐大成所制的酒罐，虽不能用作酒厂窑藏，但可用于百姓家藏。几十年来，我们走亲访友，常有主人拿出陶罐储藏的白酒，他们一定会说，这是家藏，已经数十年了，不可示人的，今儿个饮之，定是非常客。此时，我见着熟悉而又陌生的酒罐，心想：我的藏酒呢？

徐大成的陶没有艺术性，只有生活性。这不是说他的陶就没有艺术观瞻价值。我们现在所看见的作品，无论是市场的，还是收藏的，都具有它的艺术性，更有很大的文化艺术欣赏空间。更甚者，我们常常面对原始社会出土的陶罐也好，陶片也好，感而叹之，因为它们不仅裹藏着历史文化价值，也表现出一种艺术的本真美。

五

徐大成先用脚把石车盘转动起来，然后拿来竹竿。一头抵着石车盘，一头握在手上，再使劲地转。这盘在竹竿的加速度下，转得更快，如轮在飞，竹竿也快得似乎成了一个圆锥形，而他的右手便是圆锥的尖。转动的时候，他脸上的表情是喜悦的，手臂运动是自然的，整个身体是协调的。我感觉他不是在劳动，而是在做艺术表演，所表达的神情和动作，有一种强烈的律动感。这律动越来越强，越来越快，如边塞诗，如高亢文，如指挥棒在指挥家手中激情飞舞，亦如鼓槌在打击乐手手里有节奏地起落。这一切，不是技术，而是艺术；不是机械操作，而是情感表达。

然后他放下竹竿，娴熟的双手在飞速旋转的石车盘上捏制着胎泥。左右手都在不停地运动，看不清是手指在捏，还是手掌在动，更看不清是左手主导还是右手辅助。双手一会儿在罐口，一会儿在底部，一会儿滑到腰身，一会儿又用木片帮助洁面，一会儿又从右手甩出余泥。如此往返重复，器形变化多端：实体的、空心的、矮胖的、修长的、柱形的、球形的、上大下小的、中间粗两头细的……瞬息之间变化，不假思索调整，很快，一个完整的陶罐形成了。石车盘的速度慢下来时，右脚再蹬上它几下。而此时的双手正在修饰陶罐的细节，如罐口的圆润，罐面的光滑，罐体的肥瘦。石车盘快要停止时，再拿来一根细细的钢丝，靠着转动的余速，迅速地横截出罐底。待石车盘彻底停止时，放上大小适度的箍圈，以防止搬运时破散。哦，朋友，有人说这是一种粗笨的劳动，我则说这是一种高雅和修炼。

徐大成今年52岁，他说他从小就学制陶，父亲是制陶的，爷爷是制陶的，爷爷的父亲也是制陶的。这周围也都是制陶的人家，看来，徐大成的家是制陶世家，这小山村是制陶的专业村了。

我们可能更多地认为刻画的、彩绘的，或者供观赏的陶艺、瓷器才是一种艺术，认为在瓶底留有姓名或雅号的才是陶艺家，那些上万元甚至数十万元一件的才是陶艺品，谁也不会认为，这土里土气的陶，这生活所用的罐，这大众而无特别的器皿是艺术。陶没有艺术可言？错了，在世俗的眼光里它是常物，在艺术家的眼光里，这也是一种艺术，大众的艺术，藏在泥中的艺术，出自普通劳动者之手的艺术。

六

在这大山深处，除了星星点点的农家，就只剩下这一师一徒孤零零地支撑着的陶厂。随着现代社会的发展，陶罐已经被更多的产品所替代。如原始社会煮饭用陶，后来有了青铜器、铁制锅、电饭煲；如储粮用罐，后来有了柜、箱、仓。

人类社会是发展进步的，我们不能否定甚至阻碍事物的新陈代谢，也不能拒绝新产品而总在念旧，不肯移情。我们现在的陶器少了，使用率低了，是社会发展的标志。历史上瓷器的出现，青铜器的产生，不也大大降低了陶的市场和社会地位吗？但无论怎样，任何事物都有它自身的特性，且是不可替代的特性。如陶，虽然千年前已有不少的替代品，千年之后的今天其替代品更是层出不穷，然而，陶仍存在于社会之中，从来不曾远去。亦如成诚土陶厂的陶，熠熠生辉；亦如徐大成所言，不愁销路；亦如我家你家，少得了陶吗？

万年陶史，是它的生命。万年之后，陶艺犹在。数万年太短，愿陶韵流长，亘古不息！

晕染在巴人遗韵中的
那一抹蓝

◉ 文小玲

比天更蓝，比海更蓝
我分不清，蓝印花布
属于天空的一角，还是大海的一角
……
买一只蓝印花布枕头，天天都可以
枕着蓝天睡觉。我拥有的只是
蓝天的一角，却同样布满
白云的微笑

——洪烛《蓝天的边角料》

细雨纷飞的古街，被雨水冲刷过的老房子、石轱辘、旧窗棂、吱呀作响的旧水车……时不时有穿着蓝印花布衣衫的女子从你眼前一闪而过。她们有的刚从野外采茶归来，挎着竹篮迈着袅娜的步子向你走来；有的刚浣洗了衣衫，手挽木桶嬉笑着从河边走上来……她们就这样从你身边斜着身子，轻轻巧巧地走过，粗黑的辫子在圆润的腰肢后有节奏地甩荡着，薄软的蓝印花布衫熨帖地裹着她们的身子，素描着乡野清新健康的灵动。她们，清新得如同山野刚吹来的那股子风，在空气中流淌着，正泛着泥土的气息，弥漫出植物的芬芳，还带着些爽气……这些在繁华都市中难觅踪影的画面，不止一次地出现在我的梦里，让我对那一抹蓝魂牵梦系。

而那一抹蓝，正是那女子身上穿着的蓝印花布衣衫。说起蓝印花布，好多人就会提到南通、桐乡的蓝染，贵州苗寨的蜡染、扎染，因为那里至今还保留着一部分民间染坊，一些人仍以靛染为业，但很少有人知道渝东的部分地区也是蓝印花布的主要产地和使用地区。梁平属于古代巴人的活动聚集地，是巴渝最早的农耕经济地区之一。巴渝文化源远流长，古代巴人喜爱花饰衣着，所以梁平礼让的蓝印花布也有着巴人带来的遗韵。而梁平礼让蓝印花布印制和使用的历史，有资料记载的最早可以追溯到明末清初，但它实际的产生年代应该会更早。清末至20世纪50年代后期是礼让蓝印花布的鼎盛时期，20世纪60年代末逐渐式微。

四月的雨，滴答着礼让镇老旧的街道。屋檐的青瓦已被雨水浸染出厚重的黑，显示出悠久的岁月。青石板铺就的街道也被时光的履痕磨得溜光水滑。临街的一户人家，有着老式的双扇木门，看起来像一个典型的传统家庭作坊。这，就是蓝印花布传承人蓝振学的家。

一行人涌进屋，冷清的屋子变得喧腾起来。在堂屋的簸箕里，我们看到了随意叠放着的几方蓝印花布，图案为团花、点花、竹叶、八瓣……简单朴素、清新中挟裹着一些乡野之风。我们好奇地翻动着，迫不及待地拍照留念，争抢着把它们裹在自己身上，幻想着在那一瞬间可以抛开所有尘世的浮躁，变得沉静如兰，纯美素朴。

在人声喧哗中，我裹着一身蓝印花布走出屋子。屋门口的街沿上放着一把竹椅，坐着一位神情安详的老人。听得声响，老人并没有挪动身子，依旧微闭着双眼，靠着竹椅，沉醉在属于自己的世界里。这位老人就是蓝振学的父亲，78岁的蓝印花布民间艺人蓝定志。

蓝定志20岁随他父亲开染坊时，梁平县（今梁平区）城外东山梁子、太平槽、蟠龙一带几乎是家家种蓼蓝（即蓝芷），村村打靛塘，至今还留下蓝田、靛塘沟、染坊院子等地名。当时还出现了很多专门制作蓝靛的“靛塘子”（蓝印花布染料的作坊），他们收购附近村民种植的蓝芷，制作加工成成品染料卖给县内各染坊，一担蓝靛最高可换到十石谷子。可见蓝印花布印染业在当时的梁平已相当兴盛。“光我们老营场就有染坊七家，最大的染坊雇佣的工人最多时达十余人。蓝家染坊不管是坯布纺织、设计花样、制版、印染，还是经销，什么都做。有织机七八架，既能自己纺织坯布又能批量染制生产蓝印花布，还可以承接来料加工。”说到蓝印花布的时候，老人一下变得神采奕奕，两眼闪着光。他告诉我们，他们的主要印染制品有被套、蚊帐、帐沿、枕头、枕巾、门帘、桌布、包袱帕等。花版分单幅版（用于手绢、包袱帕、枕巾、枕套），双幅版（用于床单、被套、帐沿、门帘），三幅版（用于床单、被套）。老人还颇为自豪地告诉我们，蓝家染坊的生意一直红火，所染制的蓝印花布除在本地销售外还远销当时的湖北、湖南、江西等地区。

循着老人的声音，抚摸着一方方粗蓝印花布，不知怎的，我的脑海里突然冒出了“青花瓷”三个字。在我们平素的生活里，穿在身上的“青花瓷”大多是由光滑细致的丝绸做成，再加上浓艳欲滴的图案，那一抹蓝，高贵优雅，端庄有余却令人不敢亲近。而这里的蓝印花布，则是用棉线织就的一方土布，温暖而柔软，那一抹蓝，是用蓼蓝制成的靛蓝，简洁而原朴，流动的染料在织物上规行矩止，留下蓝白相间的雅致，可以如此紧密地贴合着我们的肌肤，让我们轻易地沉醉在植物的气息里。

回到家，那一抹蓝老是流淌在我眼前，让我久久不能平静。是啊，追溯至今，中国人最早的服装是离不开蓝的，那句“青，取之于蓝而青于蓝”的生活基础或许就是蓝印花布的制作流程。历经沧海桑田，蓝印花布到底发生了哪些故事？从往昔的喧嚣繁华到如今的清冷孤寂,那一抹蓝到底承载了多少沧桑?我想知道得更多,我想走进属于它的神秘世界。

是夜,我拨通了蓝振学的电话。听筒的那端,蓝振学给我讲了这么一个故事:早些年,为了追求更高的经济价值,他们曾摈弃了用蓼蓝制作靛蓝的工序,换成成本相对低廉的化工制品来代替染色工艺。但是随着社会的发展,人们日益富足,对生活的追求也变得多元化起来。曾经在我们的生活中处处可寻的蓝印花布已经没有了往日的市场,正逐渐淡出人们的生活。既然没有了经济价值,作为蓝印花布的传承人,他们就考虑到蓝印花布本身所具有的艺术价值,于是又回归到传统的制作工艺上来,慢慢恢复以蓼蓝制作靛蓝的染色工艺来制作蓝印花布。

可随着"打靛"老艺人的相继离世,利用蓼蓝制作靛蓝的手艺已逐渐失传。"难道非得用化工制品来进行染色吗?那么蓝印花布以纯天然的植物为染料,具有色泽鲜艳、经洗不褪色、印染工艺无污染等被世人所看重的优点,岂不是都灰飞烟灭了吗?而蓝印花布传统的花样题材和淳朴自然的风格特色正符合现代人追求返璞归真的审美情趣啊!我决不能让老祖宗的手艺在自己手里失传!"蓝振学告诉我,当时他就下定决心,一定要学会"打靛"手艺。"没有人教,我就自己摸索,我要用传统的工艺让蓝印花布保留原汁原味的自然纯朴。"就这样,蓝振学坚持自己种植蓼蓝,慢慢摸索"打靛"手艺,不断地试验,这一试就是两年多。

“两年多时间的尝试，我已经逐渐突破‘打靛’手艺的难题，这门手艺我已经掌握了十有八九，一定会成功的。”蓝振学越说越兴奋，已完全沉浸在蓝印花布的世界里。

我想起了之前去寻访蓝印花布的经历。我们走进礼让镇的一户人家，老两口听说我们是来看蓝印花布的，特别欢喜。当满头白发的老婆婆翻箱倒柜地把自己当年结婚穿的嫁衣——保存如新的蓝印花布衣衫再次穿在身上的那一刻时，我发现老人脸上分明有着对幸福往事回味的神韵，甚至还出现了一抹娇羞的红晕，那样的娇羞让我一下子嗅到了幸福的味道。几十年前，一位穿着蓝印花布衣衫的娇羞新娘，满怀对未来幸福生活的憧憬，正等着自己的情郎……我想，她的幸福感肯定会比如今穿着漂亮婚纱，戴着钻戒走进婚姻殿堂的新娘来得更强烈吧！那个年代的人儿，就如同这蓝印花布一样，朴素纯美，简单纯粹，没有太多欲望，与大自然和谐共生。而如今的我们，享受着现代文明带给我们的安逸与舒适，与大自然渐行渐远时，反而更怀念蓝印花布时代的纯真及原生态。

我想，作为蓝印花布的传承人，蓝振学一定是任重而道远的。我也相信，在不久的将来，留住那一抹蓝，留下属于传统的记忆，留下那时的纯朴与纯美已经不再是梦想。

“尺幅中示烟波云海，方寸里见万里平川。”晕染在巴人遗韵里的那一抹蓝，棉线织成，草浆染就，自在平实中却透逸出几分闲适安宁，恬淡自得；晕染在巴人遗韵里的那一抹蓝，它仅用蓝色的底，白色的花，朴素的色彩，朴实的图案，却妩媚无比；晕染在巴人遗韵里的那一抹蓝，如同姗姗走来、略带羞涩的农家女，朴实无华，却遮不住飞扬的青春，掩不住特有的灵韵；晕染在巴人遗韵里的那一抹蓝，引领着我们重新回到那巴人的生产生活时期，回味着那山那水那人那物那蓝印花布……

唢呐声声

◉ 谢泽雄

连续多日的阴雨天气，似乎蓄意要将人的好心情打湿。梁平区作家协会组织会员下乡采访。通知要求，风雨无阻，请大家带好防雨用具。天气预报说5月7日，阵雨。其实，即使天上下刀子，我也是不惧的。

按事前分工，明达镇川剧团的历史成因、发展过程、历史意义以及现状是我采访的重点。事有不巧，原川剧团健在的成员不在家，只好作罢。

重庆市市级非物质文化遗产——“梁平吹手”代表性传承人何明友，是文友钟婵小妹的重点采访对象。钟婵小妹邀我同行。既然来了，总不能闲着。据镇文化服务中心主任罗小勇介绍，何明友住在原锅厂村三组（现为明达村二组），祖上三代以“吹手”为业。为了传承这门手艺，何明友征得相关部门同意，正式走进明达镇中学开班授徒。周日下午两点，授课两小时，不取分文。

感其诚，吃过午饭，我们马不停蹄地赶到明达镇中学校内。正值星期天，放假回家的学生还没有返校。校园内很是清静。天气预报中的阵雨也迟迟未到。阳光颇让人意外地从云层中洒落下来，温暖而惬意。突然，一声高亢的唢呐声，从明德楼内传出，打破校园的宁静。侧耳细听，一曲《梦里水乡》如阳光般明丽，在心中荡漾开来，舒缓而宁静。不得不让人心服：高手在民间啊！

钟婵小妹问："能找到何师傅吗？"

我笑而不答，自顾"循声访道"，径直向明德楼走去。

明德楼，就是教学楼。在教学大楼的底楼，左右寻过，并不见何师傅与学生们的身影。二楼，三楼，亦不得所见。明明唢呐之声近在咫尺，何以又远在"天涯"？

"再找找。"我安慰钟婵小妹说。

上得四楼，《梦里水乡》戛然而止，何师傅好似调皮的孩子与人故意躲着猫猫。站在走廊上，茫然四顾间，不知向左还是向右时，一曲《好汉歌》传来，犹如春雷下地，惊心动魄。

"到了。"我与钟婵小妹异口同声，心生欢喜。在一间不足十平方米的办公室外，我们见到了吹唢呐的"何师傅"。"何师傅"个子不高，戴着一副近视眼镜，一身青色西装穿得规规整整。见有人来，他自然地停下吹奏，从镜片后面用一种探询的眼光看着我们。

“你就是何明友师傅吧?”钟婵小妹主动出击。

“我不是。”“何师傅”笑呵呵地回答,“我是他徒弟。”

哟嗬！徒弟？这水平还是徒弟！在内心我不禁后退了两步,审视着面前这个青年人。凭经验,他应该不是学生,而是学校的一名老师。不,是音乐老师。

这位戴眼镜的音乐老师,将我们带至何明友师傅的教学点。何师傅正在利用电教器材,向教室里端坐的十来个学生讲解着“吹手”的乐理知识。为了不打断何师傅的教学,我们只好在外面等候。课间休息时,才进行采访。

在外面的走廊上,我与音乐老师攀谈起来。当知道他的真实身份后,我想起唐宋八大家之一柳宗元的《小石潭记》;想起常诟病别人的经验主义,真是羞愧难当。

与我交谈的音乐老师,姓田,名传德。1998年从梁平师范学校毕业,2006年由铁门乡小学调入明达镇中学,现任学校办公室主任,兼承担三个班级的数学教学工作。田主任超乎想象的随和,行云流水般的谈吐,对“非遗”文化传承的自觉性,对“梁平吹手”这种民间手艺的熟悉程度,令人叹服。他在音乐领域的学识,可谓博大精深。何缘如此？答案很简单。田主任自幼对音乐极有天赋,仅用小学时期学到的乐理知识,在上中学时就掌握了口琴、笛子、洞箫、风琴等乐器的演奏技巧。

“其实,对唢呐的学习我才进行了三个月的时间。”闲聊中,田主任淡淡地说。

“学起来难吗?”我带着崇敬的心情问。

“这个不好说。只能根据实际情况而定。”田主任被我们的真诚所打动,开始滔滔不绝地说起了有关“吹手”的故事来。梁平用于演奏的唢呐,行内称之为“老干子”,它仅有六个间孔,受其音域所限,只能演奏八分音符与四分音符的作品:而现在国际通行的“新干子”已发展成了八孔,音域扩展了许多。演奏技巧上分平吹与超吹。平吹只能达到八度音高,而超吹可达十三度。一般新手,半年学习方可成调。“老干子”音色沉郁幽远,“新干子”高亢激越。无论平吹与超吹,其难就难在换“口气”。有句老话说的是“一人不出行”。你们看见过一个人出行当“吹手”的没有?没有吧。为什么?就是受肺活量所限,一个人吹完一个乐段后,必须要换口气。第二个人就在这个当口接上来,才不至于使整个吹奏出现断裂。

“呵——原来如此!”我这样一个乐器盲,几乎要佩服得五体投地了。

鲁迅先生曾说过:“现在的文学也一样,有地方色彩的,倒容易成为世界的,即为别国所注意。打出世界上去,即于中国之活动有利。”不知何时,这句话被人演绎成了“越是民族的,倒越是容易成为世界的”。何明友师傅知道了我们的来意,安排好学生自习后,邀我与钟婵小妹前往他在镇上的新居进行采访。告别田传德主任后，我们从明德楼下到操场，楼中突然响起了唢呐齐奏。虽然只是简单的几个乐段，显得有些生涩与稚气，但它有如暗夜中的烛火，定能照亮一方文化的天地。在去何明友师傅家的路上，我一直暗想：有何明友这样的“梁平吹手”传承人的无私奉献，再加上田传德这样热爱“非遗”文化的中坚力量，“梁平吹手”定能薪火相传，发扬光大。

天坑寨子的 非遗传人

◉ 邢秀玲

犀牛寨土家族妹儿的敬酒歌还在耳畔萦绕，我们一行采风的作家又来到天坑寨子，在威风凛凛的六面大鼓敲出的迎客鼓声中，走进了朴拙的"天坑寨子"大门。

天坑寨子处于北纬30度附近，这就注定了它与种种奇异景观有着一脉相承的联系。众所周知，地球上的南北纬30度，是两条诡秘的迷幻线。南纬30度附近巨人石像遍布的复活节岛、隐匿在安第斯山脉中的印加古城马丘比丘等，都是最具神秘色彩的古迹。北纬30度更具魔幻色彩，它贯穿埃及、美索不达米亚、印度和黄河流域等古代文明的发祥地，囊括了埃及金字塔、百慕大三角洲、世界最高峰珠穆朗玛峰以及海洋最深处马里亚纳海沟等最奇幻之地。

中国的北纬30度附近有黄河与长江，有三星堆和死海，也有武陵山系的张家界和武隆的芙蓉洞、仙女山、天坑、地缝、天生三桥等世界自然遗产。天坑寨子位于仙女山镇明星村，与天生三桥毗邻，它因拥有两个举世无双的姊妹天坑（中、下石院天坑）而闻名遐迩。其中，中石院天坑直径达645米，是世界上口部面积最大的天坑。我们站在装有栏杆的天坑边缘从上往下看，四周是峭岩陡壁，侧坡上生长着杉树和青冈等树木，一派葳蕤葱茏！淡淡的云雾缭绕其间，给人如幻似梦的感觉。坑底缓坡地带分布着农田和村落，仿佛听到了从天坑深处传来的啾啾鸟语，闻到了缕缕花香，令人如醉如痴，思绪纷飞……

很久以前，在这个与世隔绝的世外桃源，曾经生活着土家族和苗族的先民，他们或许为躲避连年战乱，或许为寻觅绿水青山，来到这方隐逸幽美的栖息之地，开垦荒地种植农作物，依山修建通风防潮御野兽的吊脚楼，采用木仓、木架保存粮食和衣物，以自己的慧心巧手织锦缝纫，做出美观又保暖的服饰。在这个封闭的环境里，他们创造出了多姿多彩的文化娱乐活动，延续着数千年的生活习俗。每逢月色溶溶的夜晚，他们敲起三棒鼓，跳起摆手舞，唱起梯玛歌，将炽热的情怀演绎得如火如荼，把心中的爱恋倾吐得淋漓尽致……

这次我们来到天坑寨子，热情的东道主特意安排了一场展示民族风情的演出，奉上了一道活色生香的民俗文化大餐。本来，我不太喜欢在旅游景区观看文娱节目。记得十多年前，去九寨沟旅游，导游临时安排当天晚上观看演出，以我为首的一车旅客都以沉默表示抗议。大家倒不是买不起80元的演出入场票，而是都一门心思奔着美丽的风景而来，不想欣赏舞台上的节目，即使有容中尔甲的《高原红》压轴，也提不起兴趣来。

然而，天坑寨子为我们组织的这场演出独具风采，别开生面，且不说将各种刀具抛上抛下，耍得眼花缭乱的“小李飞刀”，也不说口中喷火吐烟的黑衣汉子面无惧色，将一支火把在肉身上烧来烧去的绝技，更不说表演土家族婚礼的小型歌舞剧，将“哭嫁歌”唱得催人泪下的女歌手，单是那位用任何物品都能吹奏出美妙乐曲的“音乐达人”，就足以让我们倾倒，由衷佩服！

这是一个仪表堂堂的中年汉子，开始，他用一根竹笛吹奏了几首大家熟悉的乐曲，接着，他拿起茶缸、玻璃瓶、晾衣竿、自来水管等和音乐风马牛不相及的物品，吹奏出《芦笙恋歌》《蝴蝶泉边》等乐曲。我有点儿怀疑，以为这些物件上有巧妙的“机关”。几曲终了，我和梅洁怀着好奇心上前察看道具，看看有无特殊之处，结果没有发现任何疑点。我递上自己的茶杯让他吹，他毫不犹豫地接过去，鼓起腮帮子吹起来，是一首深情的乐曲《唱支山歌给党听》；梅洁又搬来一只大肚坛子让他吹，他仍然吹出了悠扬的旋律。

这下，我们再也没有任何疑问了，在座的几位作家齐称他为“奇人”，七嘴八舌地采访起来。这位奇人名叫张宏鑫，土家族人，是天坑寨子“三大牛人”之一。他很小就跟着父亲学吹“咚咚喹”，吹了20多年，技艺已达到炉火纯青的境界。

“咚咚喹”是土家族的一种特有的乐器，这种乐器取材方便，制作简单，有点儿类似新疆喀纳斯湖畔图瓦人的乐器“楚尔”，只用一根芦苇即可制成，却拥有两千多年的历史。“咚咚喹”同样古老而简单，由细竹管制作，竹管上端留有竹节，在节下切一斜口，劈出薄片为簧。管身正面削平，管壁开有三孔或四孔，一端切断为空管音孔。

提起这种简单的乐器，还有一段凄美的传说：秦始皇修筑长城之时，四处乱抓男丁，有个乳名叫“咚咚”的土家族小伙子新婚不到半月，也被强行抓走了，而他的妻子巴列已怀有身孕。然而，愚昧的婆婆竟疑心媳妇怀的是野种，肆意虐待她，粗活重活都让她干，打骂也成了家常便饭。当时不可能做亲子鉴定，巴列百口难辩，只好忍气吞声，在泪水中打发日子。每天，伤心的她与大山相依，和竹林为伴，向北遥望，苦盼夫归。一天傍晚，孤独无助的她又来到竹林里，随手扯起一根竹子，削成竹笛，信口吹起来，用凄婉的旋律呼唤丈夫归来。吹出的声音的确很像丈夫的乳名，于是给它取名“咚咚喹”。她不停地吹，日复一日，倾尽全力吹着，盼着，等着，直到累死在边塞的咚咚托梦给她，让她到长城下认领遗骨。巴列希望破灭，她用尽最后一点儿力气，吹出了对丈夫无尽的思念，却永远倒在了竹林里……

乡亲们被她执着的爱情所感动，也为她忠贞的气节所震撼，纷纷仿制她吹奏的竹笛，每当有了烦心事，就到竹林里吹奏，“咚咚喹”就这样沿用至今，成为土家族人喜爱的乐器之一。

张宏鑫14岁跟着父亲学习吹奏“咚咚喹”，专心致志，心无旁骛。古诗曰“桐花万里丹山路，雏凤清于老凤声”，儿子很快超过了父亲，19岁开始登台表演，声名鹊起，曾去北京、上海、广州、海南等地演奏，还登上过湖南卫视的春节联欢晚会，如今已经是扬名四方的“神吹”，获得了“非遗”传承人的美誉。

我有点儿先入为主地问他：“刚才出场伴唱的美女是你的夫人吧?”张宏鑫答：“是我姐姐，夫人已经和我分手了……”看到我们一脸的疑惑，他坦率地说：“她嫌我爱乐器胜过了爱家，很不开心！把我的乐器打烂或扔掉，阻止我吹奏‘咚咚喹’，为了圆我的音乐梦，我只好和她分道扬镳！”

我相信，这位“音乐达人”肯定会在茫茫人海中觅到知音，获得圆满的爱情！对于我们这些匆匆来去的游客来说，只需欣赏他的艺术，就是最大的满足。愿他婉转的笛声，唤醒我那渐次麻木的心灵；愿他古朴的乐曲，汇进新时代大合唱的洪流！

竹琴悠悠艺韵扬

◉钟　灵

“尺嗙嗙”算是器乐里的“小众”。“尺”即简板，“嗙嗙”即琴筒。民间用象声词给它取了“浑名”，类似用“洋芋”替代“马铃薯”，“小强”替代“蟑螂”。这样奇特的道具，联合发出奇特的声音，好比给轮胎放气和弹棉花——这两种声音加在一起，好听吗？

据曲艺表演艺术家、川东竹琴第八代传人潘光正先生介绍：“尺嗙嗙”表演时有“三要素”：一要打，二要说，三要唱。用专业术语讲，需“九板十三腔”——是的，论音乐质感和节奏感，“尺嗙嗙”都是器乐里的“丑石”，湘西大山里的“臭豆腐”。化腐朽为神奇的是表演者的说和唱——表演者，人类的声音充当了乐器的上帝，只有过油火煎，“臭豆腐”才能化臭为香，奇香扑鼻。

你看这“尺”和“嗙”都不过是山野之间的竹木制成，取材简单至极，形式简单至极。这样的两件物什，倒是可以为说书人创制出一番乾坤。说唱者“说”时一板一眼，眉毛是眉毛，胡子是胡子，正是潘光正先生所说的“抑扬顿挫”；说唱者的“唱”，回环婉转，急急如骤雨突至，势不可当；缓缓如纸鸢升空，优哉游哉。表演者的说唱艺术在单调乏味的“尺”“嗙”声中沉降、升华，腾挪扭闪。听的人竖起耳朵，瞪大眼睛，情绪一时成了“牛鼻子”被说书人牵着走，唰唰唰，闪光晃眼，唯恐漏下一句半句的，故事可就听得半懂不懂。所以非得耳朵听仔细，眼睛瞄清楚了，免得回头问同伴讨得无趣，有如一根鱼刺卡住喉咙取不出，憋屈难受。

听出了个中滋味，我对这简单素朴的“尺嗙嗙”生出了兴趣。“尺嗙嗙”原是道士化缘时所带物品，类似卖东西赚吆喝，道士走一处，独一无二的“尺嗙嗙”响一处，引人注意而已。其简朴、良善，不以华丽的外表取悦人们的视听，更不想太多搅扰人们的生活。“尺嗙嗙”取名形象生动，它落地民间，具备了“草根”的诙谐简明。摘下一片树叶儿就知树的前世今生。“尺嗙嗙”以混迹于市井的低调走进草根生活，甚至不太像登堂入室，载入“艺术”史册的样子。黑髻简衣，面孔清癯的一位道士为肠胃和体能所需缓步走上街市，走入老街深巷，“梆梆”的叩门声遂回响在空气中了。善良的人们看见这人间烟火的闪动，自然而然生出体恤之心。为善、助人该是多么平常、普通的事情，何乐而不为？“道”字的“求”与“施”，在这没有任何修饰的“尺嗙嗙”声中得以诠释。

道法自然，一切自然。风过影过，从善如流。后来，云游的道士兴之所至，拿着竹琴说唱劝世，告诫人们要有向善之心。“道琴”之名由此而来，在曲艺界它芳名“竹琴”，被列入国家非物质文化遗产保护名录——您看，说出来可就如雷贯耳了。

“道琴”果然有来头——“八仙过海，各显神通”，八位大仙在民间道行高深，法力神通。其中的一位张果老袖间总有一件竹筒似的器物若隐若现——那便是“道琴”啊！张果老倒骑白驴，酒不离身的形象，活脱一位如疯似癫的行吟歌手，怎么看也是性情中人，他臂弯里的道琴陪伴他浪迹天涯，阅尽人间，达至仙界，醉或不醉，歌声都该是洒脱快活的。道琴伴奏，正取其化繁为简的妙处，劝世说唱也合了那有缘人。神仙的快乐潇洒已有十足的魅力，无须过多的修饰与弥补了。

传说这位大仙在林中歇息，忽然耳边传来啄木鸟“梆梆梆”为树啄虫的声音，于是他顺手截下身边的一段竹子，蒙上布后用手拍打，模仿其独特之声。于是一件器乐诞生了——我想，当时的情形不亚于牛顿被苹果砸中，灵光乍现！果老大仙颇有音乐天赋，也是十分幽默啊！这一“仿生学”的小举动当时或许只在一个“好玩”！看来灵感全在于捕捉，以这样会捕捉的耳朵去听世界上各种声音，可不到处生动有趣，美妙可爱！以这样的性灵去体悟自然，定可随风起舞，随喜无忧！

竹琴表演场面的布置并不复杂，一人，或站或坐，一副简板，一只琴筒，川音浓郁，风味独特。我承认“尺嗙嗙”之声太普通平常了；我也不得不承认，我也跟着潘光正先生的说唱摇头晃脑了——炸酱面、盖碗茶、老火锅，不用集体出场，取其中之一，就足以引发人们对“川味”的联想和渴望了。

追溯源流，竹琴发源于河南，根植川东民间已有两百多年，曾经风靡在20世纪三四十年代老万县的茶楼酒肆。潘光正先生至今对首次进驻茶楼表演的情景记忆犹新。那时他年方十五，相比剧场舞台，这样近距离接近观众，多少有些不适，他年轻的面孔上带着几丝羞涩。演出开始了，再无一丝杂念，在“嗙嗙尺，尺嗙嗙”的导引之下，传统曲目《月下盘貂》绘声绘色，娓娓道来，引得茶客们屏息凝神，听得入神。好的演员会把舞台随身携带。好戏迭出，《仕林祭塔》《下游庵》随后更赚得满堂彩。不仅茶楼里面被围得水泄不通，茶楼外的马路上也被从四处聚拢来的人们围了个里三层外三层！

这之后，川东地区形成了一种新的文化时尚：一时间竹琴从剧团舞台走进了茶馆酒楼，更加接近生活了。从阡陌陋巷到艺术舞台，再到直接参与人们的文化生活——群众化发展的路子，使竹琴艺术进入了巅峰时代。竹琴曲目大为丰富，表演形式也更加多样化（如改坐唱为站唱，并加上乐队伴奏）。人们吃茶、喝酒、听竹琴，好一个古韵悠悠的快活人生哟！在民族艺术中，竹琴也以其大道至简、大俗大雅、不拘一格的特质，而成为“艺界奇葩”，声名远扬。正应了张果老的那句唱词："一根竹儿嫩悠悠，长在深山老林头。"

流光抛洒，悠悠竹琴声在现代生活中渐行渐远，却因为像潘光正这样的文化志愿者的不懈努力而跌宕生姿。原重庆市三峡曲艺团团长潘光正先生从事竹琴表演艺术半个多世纪，是国家非物质文化遗产——川东竹琴的重庆市传承人。年逾古稀的潘老先生对川东竹琴等传统艺术的传承工作仍孜孜不倦。演出、交流、教学，把潘老先生的时间填得满满当当！从区里的"元旦文艺晚会"之类的义务演出到前往市里以及遵义、宁波等外省市特邀演出，舞台有区里的"南浦剧场"、三峡曲艺保护传承中心等，也有走上街头的和平广场、学府广场等与群众零距离接触的。跟随他学艺的学生上至年过半百的老年大学学员，下至五岁开始发蒙学艺的幼童。潘老先生的教学路从区青少年宫、电报路小学、三峡职业学院等繁华市区的教学点，延伸到龙驹、孙家、茨竹等乡镇的中小学、文化站。更有南充、成都、达州、广安、遂宁、贵阳、遵义等外地的竹琴爱好者纷至沓来，登门学艺。而在唯一没有教学工作的星期天，课堂就设在了潘老师文艺范的雅洁居室里！

潘光正先生的每一天似乎都有了"布道"的意味：用他的话来说，竹琴传承的鼎盛时期来到了！只要人们喜爱竹琴，前来学习，他就会免费教授。而诸多的喜事，更是让潘老先生乐在心头：经过多次走访勘踏，潘老先生终于在龙驹的楠竹基地找到了制作竹琴的优良材质，这为竹琴的传承提供了有力保障；由潘老先生创作的竹琴新曲目《人的一生只有三天》《夸夸咱万州》《赞三峡》等，被越来越多的人学习、传唱；学艺六年，年仅13岁的竹琴新星康耀元一举夺得2017年首届重庆市少儿曲艺大赛一等奖；《红岩奇人华子良》获2017年重庆市第二届民间文化艺术之星大赛第一名……

“采得百花成蜜后，为谁辛苦为谁甜”，川东竹琴的悠悠韵味，漫散在城市乡间，漫散在中华大江南北的土地上……对潘光正来说，传承川东竹琴，是一项辛勤而甜蜜的工作，是一项让人永葆青春的事业，再辛苦，再累，他也愿意!

梁平竹帘的那些岁月

◉钟　灵

梁平竹帘的历史上千年，相对而言，最近的几十年岁月，就算弹指一挥间了。可别小看这一挥间，梁平竹帘标准件厂的那一批工人都已经老了……

1964年，21岁的方顺康到梁平竹帘标准件厂当学徒学手艺；1966年，他参与制作人民大会堂定制的11幅巨幅竹帘画；1980年，身为车间主任的他再次为人民大会堂监制5幅巨幅竹帘画；此后，方老师设计指导两个竹帘厂的设备安装与投产。

于是，这一挥间，半个世纪就过去了。

那时梁平只有一个竹帘厂，叫梁平竹帘标准件厂。最辉煌的时候，拥有生产工人、销售工人、画工近两百人，年产值上百万。想想，那是20世纪90年代啊！该厂的竹帘就能远销海内外，达到供不应求的地步。

梁平竹帘标准件厂不仅设有牵梳车间、织帘车间、挑帘车间、装订车间，还有画室、陈列室以及伙食团。厂区有篮球场、乒乓球室、文娱活动室。可见当时不仅工人们业余活动丰富，还真正汇集了好大一批书画艺术者。

熊少华当时就任副厂长之职，管着20多人的画室和全厂的日常事务，现为中国书法家协会会员、重庆市书法家协会副主席；陈海鸣后任四川联合大学教授；张允宪后任《万县日报》的编辑部主任……当然，这是2000年竹帘标准件厂破产以后，人员分流的结果。

梁平竹帘经过多年的积累和创新，产品有绣帘、挂帘、竹屏风、植绒、条屏、台屏、名人字画；画种上有油画、国画；衍生品有提包、拖鞋、竹子扇等。产品开发最成功的就是上海一家漆器厂把竹帘画应用在漆器、屏风、茶几、沙发上，成为民间特色工艺品中又一颗璀璨的明珠。

一幅经久不衰的《十二金钗》，由原丝厂化验员熊平起稿创作，国家级传承人沿用此稿至今，并多次获奖。

现年78岁的老艺人方顺康老师老当益壮，还在为竹帘的传承与发展奔忙，为的是让梁平竹帘“一脉相传”。带过23个徒弟的方老师,脸上洋溢着骄傲的笑容。说起他还有高徒同为市级传承人,那更是让人忍不住要竖起大拇指。

当慈竹在竹帘艺人手中,成筒、成块、成片、成签,到成丝……你会感叹那一双手的神奇,却不知曾经风华正茂,归来两鬓霜花。

黄师傅进梁平竹帘标准件厂时才18岁,现在已是当奶奶的岁数,还在织帘机上,被前来参观的人们包围着。真是岁月不老,人易老,青春无悔,终不悔。

值得庆幸的是,如今有国家对保护非物质文化遗产的支持,更有知德文化梁平竹帘生产保护传承基地把这一古老技艺的传承人凝聚。

今天,在生产顾问方老师、资深画师毛天彬手中,梁平竹帘源源不断地创新,迷你框画、山水条屏、伞帘画等创新产品不断诞生,为梁平竹帘注入了新的生命力。

这正是:竹帘千年而不老,传承精神终不断。

背二哥背二歌

◉ 文　猛

走马古镇在著名的川鄂茶盐古道上。槽溪村驷步河幺店子是走马古道上著名的驿站，我总觉得那条古道上、那座驿站里有什么在等着我。

槽溪是川鄂荣盐古道上唯一没有通公路的村。我去槽溪村上任扶贫第一书记时，村支书叫了一个叫向长路的人来镇政府接我。先前，我特意告诉村支书，我有很多书很多行李，还有给群众购买的良种玉米种子，一定要派个年轻的。村支书说："放心，别说你的很多书很多行李，就算你走累了，也能够把你背到槽溪……"

站在我面前的是一个看上去有五十多岁的老头。这就是那个能够把我背到槽溪的"年轻人"？

"大叔今年五十几啦？"

向长路细心地把所有东西一件件捆绑在背架上，笑着问我："就这些，还有吗？你问我五十几？大爷我今年七十三啦！"

我不敢迈步了。

向大爷似乎看出我的心思："放心，我和你走回槽溪，没有人会说你闲话的。"他解开背架，犹豫半天把被盖取下来："好吧，这个你背上，你们当领导的就是想得多。"

镇上认识向长路的还真多，一路上不断有人喊他："向大爷，唱一曲背二歌啊，你的背二歌好提劲啊！"

"大爷，你就是传说中的背二哥？"

"对啊，这下你该宽心了吧，别说你这点儿东西，再加点儿我也能够背回槽溪。"

长长的古街，沉重的担子，大爷拄着的打杵敲打在青石板上，石鼓一般稳健，我几乎小跑似的追赶着鼓点。

走出古镇，刚才街背后若隐若现的驷步河完全呈现在田园中，河畔一方方田地中忙碌着平整土地、准备育苗的群众。不知是谁看见了我们，大声喊道："向大爷来啦，给我们来一曲背二歌啊！"

就这么一喊，周围忙碌的群众一下会聚到小路边。向大爷放稳背架，用打杵撑着："文领导，我们歇一下，看把你累的。"

向大爷接过我递上的香烟，点上，歌声响起来——

早晨喜鹊喳喳叫，就知家乡贵人到。客不嫌我歌难听呃，我送贵客到槽溪。

耶嘿，我久不唱歌，耶，忘了歌，那我久不撑船，哪贤友儿，忘了河，秀才提笔忘了字，燕儿衔泥忘了窝……

弯弯背架像条船，情哥背铁又背盐，鸡叫三道就起身，太阳落山才团圆。

弯弯扁担一只梭，我是三峡背二哥。太阳送我上巫山，月亮陪我过巫河。打一杵来唱支歌，人家说我好快乐。

古道上果然有美好的东西等着我。

我参加过几次有关非物质文化遗产保护的座谈会，在我印象中，背二歌最出名的地方是在四川的巴中、通江、南江一带的大巴山区，在南江县乐坝镇，我还亲眼见到过外号“歌疯子”的背二歌省级代表性传承人袁吉芳。

我给向大爷讲述我对巴中、通江、南江背二歌的感受。向大爷说：“他们是巴山背二哥，我们是三峡背二哥，不管哪里的背二哥，我们唱的都是背二歌。路是相通的，歌也是相通的。万州自古就是川东门户，因为那条古老的长江，万州成了各地来的盐、茶、生漆、桐油、猪鬃等物质的最大集散地，不管是川陕古道还是川鄂古道，我们万州就是最大的幺店子，我们槽溪的驷步河就是最小最出名也是必须要走的幺店子。在公路铁路并不发达的漫长岁月里，古道上最有名的背二哥就是我们槽溪人，祖祖辈辈都在路上。”年轻时向大爷背盐背桐油去过川陕古道上的米仓古道和汉壁古道，但是他一生中走得最多的还是川鄂古道。

因为诗与远方，我一直对在路上的人们充满了无尽的敬意。比如茶马古道、丝绸之路上的马帮，比如我们难于上青天的蜀道上的背二哥，甚至对今天那些在路上的酷走族，我一样充满着敬意。不过不同的是，今天的酷走族追求的是诗与远方，当年的马帮和背二哥可能看不到更多的诗，他们为的是生活和生计。说到马帮，知道的人很多。说到背二哥，也许在我们四川盆地之外知道的并不是很多，甚至会暧昧地想到中国民歌中那些哥啊妹啊的。其实，从本质上，背二哥就是马帮，是为了生计奔波在路上的一群人。

向大爷讲述起那些古老的古道，情绪一下高昂起来，仿佛那些路昨天刚刚走过。

背上背的二架子，手里提着打杵子，脚上穿的偏耳子，腰里插的扇笆子，口里衔的烟锅子，肩上搭的汗帕子，歇气休息唱山歌子。

挑担靠铁肩，踩稳风雨天，未晚先投宿，鸡鸣早看天。

小哥挑担二百三，磨烂肩头和衣衫。磨烂衣衫谁来补？磨烂肩头谁心酸？

歌声回荡在山谷，一瞬间让我们穿越到几百年几千年前的巴山蜀水，我们眼前呈现出当年那些路上的背二哥：拄着打杵，背着背篓或者背架，胸前挂着马灯，腰上系着竹水筒和旱烟管，头上包着白帕子，腿上绑着绑腿，脚上穿着草鞋。

向大爷目光坚毅而执着地望向远方，脚步稳健而执着地走向远方，这种坚毅是那种在路上人的坚毅，总有路要走，总有歌要唱。我很想从向大爷的歌声和目光中去探寻歌声的尽头是何方，目光的尽头是何方？是什么力量和幸福让向大爷如此沉稳坚毅、有力量？向大爷识字不多，但是他有着超强的记忆力。他也许并不知道歌是什么谱什么调，也不知道歌中那些生动的字该怎么写，他就是从祖辈那里听来，从祖辈那里传唱，大到山川河流、日月星辰，小到柴米油盐、小情小绪，都是入歌入调的素材，一曲一曲唱出一天一天的路，一天一天的活儿，一天一天的日子。

身轻担重轻挑重，脚短路长短走长。

这是背二哥家门上最爱贴的对联。是他们挑着瘦瘦的扁担，还是扁担挑着瘦瘦的他们？是他们背着沉重的背篓，还是背篓背着他们沉重的生活？一代又一代的背二哥，一步又一步走过的路。如果我们都是大地上的歌者，路就是他们写给大地的歌行，他们走着，他们歌着，一步一个字，一路一行歌。如果我们都有自己的那片庄稼地，路就是他们家园之外的又一片庄稼地，路上的日子，心在家中，家中的日子，心在路上。他们走，他们歌，他们唱，他们将生命交给漫漫古道，将汗水交给深深脚印，将命运的尖峰、长涧、深谷交给山歌……

我突然想起一个问题，问大爷："你们村至今没有通公路恐怕与你们自己的小心思有关吧？"

"文老师，有了公路，有了汽车，还有我们背二哥什么事情？政府一直要打造茶盐古道，恢复茶盐古道昔日的辉煌，再说上级不是派老师来帮助我们修公路了吗？"

"你不喊文领导啦？"

"喊老师亲切些，没有想到你这个城里干部对我们背二哥这么感兴趣。"

大爷说，三峡背二哥走的路途遥远，道路险恶，因此常常结伙而行，20世纪70年代以前，一些乡镇供销社或村社代销点都请了几十个这样的背二哥作为自己的搬运队，把山里的桐油、柚子、稻米、生漆等背往通车通船的地方，又把远方用车用船运来的煤油、布匹、食盐等背回山里，一走就是好几天，路上要歇上好几个客栈，十分辛苦。早上，领头的背二哥高唱一声："太阳出来照白岩，背起背架上路来，耶——嘿！"

大家继续漫漫的长路。

长江呃，河来哟，三峡哦，峡来哟，我是三峡哟，背二哥啰哈，太阳送我哟上巫山，月亮陪我哟下江河，背架背起闪几下也，打杵子杵断了几道坡。

高高的大巴山，离天只有三尺三，要想翻越巴山顶，只有背二哥的铁脚杆，耶——嘿！

背上千斤翻巴山，铁打腰杆都压弯，打双赤脚路难走，七十二道脚不干，耶——嘿！

三峡两岸，山高路陡，行走艰难，背二哥一声吼起，唱腔高亢悠扬，翻山越岭，穿云钻雾，特别是歌结束时那长气短叹的甩腔——“耶——嘿！”这山唱来那山应。背二歌的调子是豪迈的、高亢的、激越的，但是我们不得不承认在调子背后有虚饰和沉郁的成分，歌声中承载着背二哥的哀怨与艰辛，承载着三峡两岸的陡峭与苍凉，承载着道路的漫长和寂寞；歌声中填充着无奈、心酸、哀怨和苦涩，也填充着对简单而恬淡的未来的希求。抬头见天低头见峡的山谷里，背二歌和三峡古韵中的民歌、情歌、薅秧歌、哭嫁歌、花轿歌一起，在漠漠的日子里飘扬，成为大家心中疗伤与养心的良药，那是对生命的祭歌，对爱情的赞歌，对生活的颂歌，在那些歌声中，日子犹如峡谷中的山风，轻抚着岁月沉闷而充实的光景。

背二哥唱歌不是刻意去唱给谁听的，他们的歌就是劳动的一部分，就是为了消除寂寞，缓解疲劳，是寂寞和艰辛之中自然升华出的歌。受欢迎的背二哥除了肩上有力、脚上有力、心中有力之外，能够唱出很多背二歌的绝对更受欢迎。所以背二哥眼中有活，肚中有货，脑中有词，到哪山唱哪山的歌，唱得听者动容，姑娘动情，老板动心，才会肩上有活，脚下有路。

雁过留声，人过留名，成年累月地往返于古道上，背二哥说他们就是那飞过天空的大雁，在走过的路上留不下什么名，但一定会留下声。我重走过很多古道上的村落和驿站，即使不是背二哥，也有很多人会唱背二歌，而且唱得声情并茂，掷地有声。对走过的每一座山，每一条河，每一方村落，每一片土地，背二哥是路过的风，背二歌也是路过的风，风有风的声，风有风的印，风有风的心。在那些交通闭塞、信息闭塞、时光漠然的时代，背二哥的确是古道上流动的风景，背二歌是深山老林中最激越的旷野之声。

不用去回顾更远的年代，就是在以前乡村那些就学率并不高的年代，走南闯北的背二哥凭着自己的见识、自己的歌声，给了走过的村庄、走过的古道有声有色、有古有今、有来有往的乡村音乐课，让人们在歌声中去审视自己的内心，去激发自己的力量，让歌声的魂成为又一道清泉，滋润着乡村的血液，滋养出大家共同的豪爽、智慧、幽默、坚忍和敢爱敢恨、敢想敢干、敢做敢当的性格。

背二哥之间没有固定的师徒关系。我不敢去评述高原和平原上的人们，在我们山林纵横、河谷蜿蜒的四川盆地，从走会第一步路开始，我们就有背的力量，这是不需要学习的本能。背二歌也没有固定的传承渠道，庞大的背运队伍在漫长的背运途中更唱迭和，相互学习交流，自发传承传唱，就像川江上的船夫纤夫，谁不会喊川江号子？谁不会唱背二歌？

我真不知道向大爷心中会有多少歌，他几乎是一路走一路歌，很快我们的身后就跟了一大路人。

太阳落土四方黑，妹娃问我哪头歇。我是天上麻鹞子，哪头黑就在哪头歇。

向大爷干脆撑起打杵停下来，大家问什么，他就唱什么。我知道出名的背二哥几乎都是大家称道的急智歌手。不知是古道给了他智慧，还是大山给了他灵感，向大爷说不管肩上的货物有多重，脚下的路有多险，只要一唱起背二歌，他的脑壳就特别好使，见什么唱什么，问什么答什么，出口成歌。他说他在电视上看过一个叫张帝的急智歌手，他很想去会会他，他说自己见什么唱什么，问什么唱什么的本事不会输给张帝，这也是所有背二哥唱背二歌最大的自豪。

背二哥是下蛮力气的苦累活，又常常远行在外，挑的花花绿绿，除了力气没有一样是自己的，自然不会被山里姑娘青睐，但背二哥仍然憧憬爱情。一路上，那些叫九道拐、鬼见愁、黄葛垭、磨刀溪、普子岭的地名就像自己的兄弟，更像心中的姑娘，隔几天不见面就心里猫抓似的。在路上，背二哥最大的乐趣和兴奋就是遇到田野里劳动的妇女或姑娘，一杵打起，大家你唱我和，讨得骂也好，讨得打也好，都一样快活。

河里涨水沙浪沙，妹过跳凳眼发花，你是哪家大小姐，要不要我来把你拉，贤妹儿啊——

一般是没有姑娘媳妇应声的，有时也有大胆的女人会马上回答他：

对门哥哥你莫来拉，我是蜜蜂扑过的花，我已开花结过果，你莫在我身上想办法，情哥儿啊——

背二哥看见有人理睬，继续唱道：

我和贤妹门对门，看到贤妹长成人，花花轿儿抬起走，你看怄人不怄人，情妹儿啊——

背二哥不等姑娘媳妇回答，大家齐声唱答：

叫声情哥你莫怄，三五两天要回门，堂屋敲磬递点子，阳沟后面来会人，情哥儿啊——

大家笑一笑，力量就恢复了。

成了家的背二哥远离父母妻儿，也会哼些凄婉缠绵的歌来慰藉自己的思乡之情：

背在外面心在家，只为生活走天下。父母门前翘首望，妻儿灯下想阿爸。

郎到盐井去背盐，一去就是两三年。床上眼泪洗得澡，地下眼泪撑得船。

当然更多的时候以唱风流歌来取乐，粗野放浪，以“色”提神，正像背二哥所唱的：“一天不唱那东西，天上太阳不偏西。”

至于那些未成家、家乡有相中的情妹妹等候的年轻后生，一想起情妹心中更是猫抓似的：

妹绣荷包圆又圆，送给背哥装银钱。白天带起山中走，黑了放在枕头边，就像贤妹在身边。

草鞋烂了四条索，情妹打来情妹搓，连夜点灯连夜打，靠妹功劳走江河……

曾经寂寞的峡谷中、大山里、路途上，没有书，没有娱乐，因为这些古老的歌谣，让背二哥在路上的日子弥漫着无尽的风情。这风生水起，这打情骂俏，这荡气回肠，峡谷的歌声，山沟的歌声，路上的歌声，一嗓子，吼尽万种风情，吼出人生百态，吼出枯燥杂乱，吼出万般相思，吼出悄然潜藏心中的一桩桩心思——

把自己的心事唱成一首歌，无论她在何方，风声帮你传达你的愿望和心事……

向大爷说："我老伴就是当年在齐岳山黄葛垭唱回家的。"

当年成群结队的背二哥们走过的古道如今车水马龙，古道成了车道，当年的背二哥在老去，背二歌在走远。大爷说，没有活计上门，大家心痒了，几十个背二哥会聚到他家中，大家把家中的东西绑在背架上，环绕着村庄喊上几嗓，过瘾得很。

我说我们山城重庆和江城万州如今还活跃着"棒棒军""扁担"，同样都是肩上的活、脚上的活，可是他们怎么没有歌？

大爷说："离开了峡谷、山野、古道、村落，在车水马龙的繁华中，心中哪里还有歌？

"在槽溪，父母交给孩子的不是粪筐不是镰刀，是背架，是背篓，是打杵，到了我们这一代，我们的背架、背篓、打杵交不下去啦！"

春天到来的时候，我再次来到槽溪村。槽溪和今天三峡两岸所有村落一样，村庄不但公路纵横，更让人惊讶的是一条条水泥板铺就的人行便道从公路两边伸向每一家中,除了上坡的路、下田的路,村里几乎看不到一条土路。让当年的背二哥们几乎是彻底失去了用武之地。我不敢去问向大爷和村里那群正在老去的背二哥们,他们望着畅通的公路和车辆,心中升出的是幸福还是失落。

向大爷正在家里教儿子和一群年轻人唱背二歌。向大爷告诉我们,槽溪通了公路,驷步河上修起了鱼背山水库,老家改头换面啦,从过去吃饭喝酒枕梦的幺店子成了波光粼粼、游人如织的水店子。儿子不再去外面打工,而是回到老家买了一艘小游艇,搞起了农家乐,为了让更多的人来到这方古道,留下古道上深刻的记忆,让大家在富裕的物质生活之外,保持内心的纯净,儿子专门要他们这些老背二哥们教会他们小背二哥们唱背二歌,好唱给游客们听,让背二歌飞扬到更远的远方。

小小游艇荡碧波,我是年轻背二哥,背山背水背太阳,古道春风唱新歌……

向大爷说:“我们老啦,该孩子们上场啦!”

青山唢呐如马嘶

◉ 简云斌

绵延的青山深处，一声高亢、明锐的马嘶声兀地响起，继而万马齐鸣，声振云霄，其间又伴以雄浑清脆的“得格、得格”的马蹄声，那是马群在扬鬣奔驰。古老的大地被震荡得血脉偾张，山与水在这阳刚十足的野性鼓舞下，竟也情不自禁地旋转起来……然而，走近了细看，那场景不过是十几个粗犷的农家汉子，正站在空旷的山地上，如醉如痴地吹着唢呐，击打着锣鼓。

大地是舞台，群山是听众，生命的原动力被他们宣泄得如此淋漓尽致。这就是国家级非物质文化遗产、巴渝“十大民间艺术”之一——万盛金桥吹打的魅力！

田野间的鼓吹声

沿路千家响唢呐,连村十里传鼓声。

从万盛城区出发,向北六七公里,就来到金桥镇境内。这里丘陵起伏,山清水秀,农事发达,是万盛唯一的纯农业镇。近年建成的青山湖湿地公园,更是波光粼粼、白鹭翩翩。金桥吹打就孕育在这片青山绿水之中。

据考,金桥吹打起源于宋末元初,距今已有七百多年历史。原称“青山吹打”,因发源地为青山乡,故有此名;1992年,青山乡与金桥乡合并为金桥镇,“青山吹打”改名为“金桥吹打”。

金桥吹打最兴盛时,有乐班七八十个,从艺村民近700人,尤其是在青山村、马头桥村,很多村民皆擅此道。山乡生活清苦、文化生活单调,村民们通过吹打来自娱自乐,把寻常日子摆弄得有滋有味。

金桥吹打植根于这方朴素的泥土,乡风古韵浓郁,原生态特征明显。在吹打仪式上,有婚庆、寿庆、丧礼、祭祀、节会、农事等类别;在演奏技艺上,按吹法和打法的不同,可分为品打、刁打、散打、干打、夹打、刁散打、竹叶吹奏、口哨等形式。吹打曲牌丰富,共有1000多个,许多曲牌是口口相传的传统调子,如《鸡公调》《采桑调》《将军令》《上天梯》《朝牌》《宫堂》等。在长期传承中,艺人们又自创了大量新曲牌,如《青山水落音》《疾马锣》《急马出山》《闹春耕》等。

每遇村里有婚丧嫁娶，艺人们开始大展身手。特别是人家娶媳妇，吹打汉子们显得比新郎还高兴——接花轿时，他们给新娘吹《花大姐》《耐烦些》《花幺妹上轿》；在路上遇到另一队花轿，路窄拥挤时，就吹《九流星》《慢慢梭》，于是两方互相礼让，皆大欢喜；来到新郎家门，要吹《哪里哪里抬起来》；开席时，要吹《霸王安席》；送入洞房时，要吹《采花》《交杯酒》《贺新娘》……

一曲曲清越明亮的鼓吹，温润着这方山水，让田野、村庄、禾苗与树叶们在薄雾中伸长了耳朵。

山冈上创立"马风派"

金桥吹打以音域宽、音量大、力度厚、音色明快、穿透力强的"马风派"演奏风格，享誉渝南黔北。已故著名音乐家、原重庆市音乐家协会名誉主席叶语先生曾经评价："马蹄阵阵，马声昂扬；青山吹打，荡气回肠！"

"马风派"的首创者刘多二，马头桥村漆匠沟人，大约生于清道光初年，卒于光绪中期，是一个远近闻名的吹打师傅。有一次，刘多二率乐班到綦江莲花乡做了两天丧仪，回家途经马鞍山休息。时逢夏末，凉风阵阵，刘多二拿出唢呐乘兴吹奏。谁知哨管坏了，用麦秸修好试吹，声音十分清脆，酷似马叫。刘多二大感惊奇，环顾四周，发现他们正坐在马鞍山的马颈上，便灵机一动，当场决定创立一个门派，叫“马风派”！

回家后，刘多二与鼓师刘云池合作，多般摸索，终于演练出一套成熟的“马风派”风格——以唢呐声模拟马嘶声，以鼓声模拟马蹄声。如演奏《疾马锣》时，领吹者口含唢呐，抬头挺胸，手推唢呐向上，如骏马前蹄腾空，头向上昂扬，如马嘴张开怒嘶；同时，一人敲鼓，两人敲锣，鼓发“得格斗、得格斗”之音，恰似马蹄得得。曲至高潮时，竟有万马狂奔之势，其场面荡人心魄。

“马风派”经刘多二、刘汉卿、向义云、向紫钦、翁庆华五代传人的不断完善和发扬光大，产生了广泛影响。

两代宗师——向紫钦和翁庆华

金桥吹打第四代、第五代掌门人向紫钦、翁庆华二人，在曲牌创作、乐器改进、演艺创新等方面做出了重大贡献。

向紫钦生于20世纪20年代，卒于90年代，只读过几天私塾，但天分极高，集吹打、书法、刻字、漆匠、石匠、篾匠、泥瓦匠等于一身，是一个全能型乡土人才。他首创三台（次高音唢呐）与头台（次中音唢呐）合吹，再创莽台（低音唢呐）与高音、中音唢呐合吹，使金桥吹打几百年来一直沿袭的两人合吹、五人合奏的单调演奏，发展成为十几人合吹、几十上百人合奏的盛大场面。他还发明了“浪荡词”记谱形式。“浪荡词”与黄色无关，乃是用“唧”“当”“罗”“底”等汉字标注吹打音符。在此之前，民间吹打都没有曲谱，只能靠师徒之间口传心授。这一发明，大大方便了吹打技艺的传授。

1957年，向紫钦代表重庆市民间音乐界，率队到成都参加四川省群众文艺调演。他们以一曲自创的《闹春耕》赢得满场喝彩，荣获二等奖，并被推荐进京演出。

听说要去北京，这些一辈子都在穷山沟打转的队员十分兴奋。谁知在重庆集训时，主力鼓手封树勤不幸遭遇车祸，受伤住院。向紫钦挥泪决定放弃进京机会，这成了他的终生憾事。直到他去世后20年——2010年6月5日，金桥吹打终于再获进京机会，到中央电视台音乐频道参加《民歌·中国》节目录播。一曲气势磅礴的《急马出山》把“马风派”艺术演绎得尽善尽美，现场的导演也不禁竖起了大拇指。对此，不知向紫钦在天之灵是否感到一丝安慰？

翁庆华是向紫钦的嫡传弟子。他从小就爱好吹打，但遭家人反对，唢呐还被砍烂过。他痴心不改，常常半夜跑到离家较远的石桥上苦练。20岁时，他已小有名气，被向紫钦发现，收归门下。在师傅的悉心指导下，翁庆华的技艺更加精进。

向紫钦因年老气衰退出舞台后，翁庆华主持吹打业务，他十分注重博采众长，先后向八个知名艺人学习过。翁庆华一生中，为金桥吹打改编创作了100多个曲牌，可谓集大成者，如根据传统曲牌《鸡公调》《将军令》《黄莺调》等改编的《排教》《打点子》《春到养鸡场》《蜜蜂围绕菜花飞》《三庆》等，可称代表作。

1985年，翁庆华带队为重庆市“民间器乐集成”办公室现场表演录制了300多个吹打曲牌，这些曲牌都是金桥吹打独有的艺术珍宝，后收入《中国民族民间器乐曲集成·重庆卷》。1999年11月，他被评为“巴渝优秀民间艺术家”，2004年夏天去世。

“青山莽”——天下第一唢呐

金桥吹打的乐器也别具一格。经过历代艺人的改进，吹奏乐器唢呐由以前单一的中音（普台）发展为高音（海笛）、次高音（三台）、中音（普台，又称二台）、次中音（头台）、低音（莽台，又分为小莽、二莽、大莽）等品种；打击乐器除原有的鼓、钹、锣外，增添了马锣、铛锣、小鼓、小锣、大鼓等品种。乐器搭配得体，吹打时音域宽广、音质悦耳。

2006年2月12日至3月16日，在中国国家博物馆举办的“中国非物质文化遗产保护成果展”上，金桥吹打有31件乐器精彩亮相。最引人注目的是一支叫“青山莽”的唢呐，它体形庞大，长4.5米，喇叭口直径达1.8米，演奏时需四五名壮汉合力抬起，号称“天下第一唢呐”。

金桥吹打的大部分乐器都是艺人自制的。唢呐和鼓看似简单，但制作起来十分辛苦。据考证，一支普通的唢呐要经过选材、风干、切割、绞管、车圆、钻孔、编喇叭口、刮灰上漆、安气盘、装麦哨等几十道工序；一面鼓也要经过采鼓桶、削牛皮、绷绳、定音、上钉、套箍等若干工序。

目前，金桥唢呐制作高手有两位，一位叫向士林，已60岁；一位叫尚世田，30多岁。据说尚世田是在向士林那里偷师学艺的，别人问他，他只笑而不语。“青山莽”是尚世田做的，花了一个多月工夫。

走向更宽的舞台

20世纪50年代，金桥吹打开始走出大山，引起世人关注。1957年，金桥吹打首获重庆市农村文艺调演一等奖，并代表重庆市民间音乐参加四川省群众文艺调演；其后50多年间，金桥吹打参加国家级和省市级演出30多场次，经常“捧金抱银”。2000年，金桥吹打和接龙吹打并列为“巴渝十大民间艺术”之“巴渝吹打”。2006年，金桥吹打列入第一批国家级非物质文化遗产保护名录，金桥镇被文化部（现文化和旅游部）命名为“中国民间文化艺术之乡”。中央电视台多次来金桥拍摄吹打节目，播出有关专题多次，引起很大反响，金桥吹打名扬四方。

近年，由于流行文化不断冲击乡村生活，金桥吹打也遇到了后继乏力的问题。本地政府对金桥吹打进行了抢救性保护，将之作为第一号地方特色文化予以培育。组织专业文化工作者对曲牌进行挖掘、整理，并培训队伍、编辑音像教材。

同时，金桥镇成立了专业艺术团体——“金桥民间吹打艺术团”。队员张登洋、徐才林等已成为金桥吹打新一代领军人物。2010年，张登洋被授予“国家级非物质文化遗产传承人”称号，徐才林、刘大碧、尚世田、刘正权4人被授予“市级非物质文化遗产传承人”称号。镇政府还在中小学校设立了少儿吹打培训基地，已培训八批共300多名学生，其中不少孩子进入了吹打艺术团。

在政府的帮扶下，金桥吹打不断从田野走向高堂，从乡村走向城市。2010年以来，在中国（重庆）首届羽毛球文化节、《民歌·中国》展演等重大活动中，金桥吹打一次又一次地张扬着它独特的艺术魅力，吸引了无数的眼球，赢得了如潮的掌声。

三位非遗传承人

◉ 简云斌

一

梁平地如其名，有山梁，有平坝，明月山、南华山斜贯县境，山岭间是一马平川。其中藏着许多乡镇：仁贤镇、礼让镇、明达镇、聚奎镇、袁驿镇、龙门镇、虎城镇……名字都很传统，有文化味。有趣的是，梁平还真有一个镇叫文化镇。

梁平确实人文厚重。双桂堂和破山禅师不说了，双桂堂号称“西南佛教禅宗祖庭”，破山禅师是禅宗曹洞、临济两宗传人，几百年来享誉海内外。梁平还是明代易学大师来知德的故乡，据介绍，来知德是继孔子后用象数结合义理注释《易经》取得巨大成就的唯一一人，民间以“来夫子”称之。

当然，近年梁平引起外界关注的，还有众多非物质文化遗产。它们散落在山水之间，藏在那些名字很有文化味的乡村中。

在梁平乡间，守持非遗项目的人，不是破山、来夫子之类的大德先知，而是一些普普通通的村民，他们被称作“非物质文化遗产传承人”。

2016年7月，我到梁平采风，有幸认识了其中三位。

二

第一位叫徐家辉，家住屏锦镇，木版年画国家级非物质文化遗产代表性传承人。

徐家辉开了一个店叫“德和泰”，租的是镇里的老电影院。走进店内，他正在刻《五子门神》线版。雕版上，一个浓胡须、丹凤眼、身披铠甲的门神威风凛凛，向我们怒目而视，与为人淳朴的徐家辉相映成趣。墙壁上，挂满了制作好的年画，有门神系列，有戏曲题材的《盗令出关》《踏伞》《八美图》等，花花绿绿，传统味十足。

徐家辉告诉我们，木版年画制作有20多道工序，选木、刷油、刻版、套版、蒸纸、拖胶、上泥、套印等，每一道都马虎不得。特别是刻版（包括线版和色版），一幅大一点儿的年画，需刻十多个版才能套印，要花几个月甚至一年多的时间。而一套刻好的雕版，只能印十多幅年画，之后就报废了。

“这碗饭不好吃。”他说。

史料记载，梁平木版年画起源于明嘉靖年间，发展于清雍乾年间，鼎盛于清末民初。鼎盛时期，全县有年画作坊四五十家，集中在屏锦和袁驿两大场镇一带，各占街市的一半，称为“半截刷房街”，从业人员有六七百人，每年生产年画数百万幅，远销湖北、陕西、贵州等地。新中国成立后，梁平木版年画逐渐衰落，手工作坊于1958年先后停产。

徐家辉的祖上是制作木版年画的，“文革”时，祖传手艺已失。11岁那年，他失学在家放牛，听四爷爷说印年画可以挣钱，便起了心要学，四爷爷不会这门手艺，只教了他几句口诀。好在他悟性高，记了口诀，找铁匠打了一把刻刀，向村里一个会刻版的老人学，居然刻得像模像样；后来又学了漆艺，学会调色、镂雕，终于上了道。那时，印一幅年画，可以赚一两角钱，镇里有十多人在干这行当。

而今，坚持下来的，只有他一人。

“生意不太好做，”他叹道，“买年画的人越来越少，今年上半年只卖了两万多块钱，靠卖年画养家糊口，难！”

徐家辉今年50岁，有两个孩子，大的已成家，小的在读大学，都不愿跟他学年画。平时在店里帮他打下手的，只有妻子。两口子在农忙时，还得回家种庄稼。

问徐家辉这门手艺以后怎么办，他有些忧虑，但表示要坚持下去，自己被政府评为非物质文化遗产传承人，有责任有义务弘扬木版年画艺术。

他说，县城实验小学专门开了木版年画培训班，有一个姓莫的美术老师在教一帮孩子刻木版年画，还请他讲过课。

看来，木版年画还是后继有人。

三

徐家辉印年画的纸，叫“二元纸”，是用当地产的百夹竹、慈竹土法制作而成的。为他供纸的人，叫蒋吉文，整个梁平只剩他一人在做这种纸了。

蒋吉文家在七星镇仁安村大石坝。我们辞别徐家辉，冒着烈日，翻过明月山百里竹海，在一条竹林掩映、流水潺潺的小溪边找到了蒋吉文的纸坊。

纸坊是两间老式穿斗房，残破不堪，四处漏光，像蒋吉文身上的汗衫一样。幽暗的屋子里，污渍遍地，发着霉味，破旧的造纸器具——踩槽、淘槽、舀槽、榨桥等一应俱全，令人惊奇的是，居然还有人在操作它们，造出一张张土黄的纸来。

“梁山城里出纸花，垫江城里出西瓜，大竹城里出麻纱，美女出在富豪家……”今年63岁的蒋吉文拿着舀子，边舀纸浆，边为我们唱着自编的山歌。他身材精瘦，手脚麻利，身后的破墙上，挂着政府颁发的“重庆市非物质文化遗产——土法造纸技艺”牌匾，右边是造纸祖师爷蔡伦的画像，左边是他父亲的遗像，留着长胡子，神情严肃。

我笑了，蒋吉文是一个懂得包装的人，尽管他的纸坊已是日薄西山。

梁平盛产竹子，清代及民国年间，全县到处都是纸坊，盛产的二元纸、浆二元、草纸、裱青纸等畅销长江中下游地区，广泛用于印刷、书画、古籍修复和百姓日常生活。时过境迁，满山竹林依然摇曳着清风，而那些星星点点的纸坊，早已消逝在岁月深处。

蒋吉文的纸坊是祖上遗产，有上百年历史。我奇怪他为啥不修缮一下，蒋吉文说家里穷，缺钱。前些年他也出门打过工，后来，政府把土法造纸纳入“非遗”保护，还把他评为市级传承人，每年有几千元补助。他就重操祖业，每日和老伴在纸坊劳作，造些土纸，供应徐家辉之类的客户，赚点儿零钱补贴家用。县文化部门经常带客人来参观纸坊，2007年，联合国教科文卫组织的人来参观，还买了他的纸。提起此事，蒋吉文一脸自豪。

“山上长的是竹子，竹子下面马鞭子；马鞭子，长笋子，长起笋子砍料子；砍起料子划料子，划起料子编把子……”乐观的蒋吉文又唱起《造纸歌》，一口气唱了四五十个“子”，把土法造纸的程序介绍得一清二楚。

“以前带了四五个徒弟，现在都出去打工了，看不起这手艺……”他感叹道。

蒋吉文有两个女儿，都出嫁了，没人愿意继承祖传手技。

倒是村里一个叫蒋启辉的小伙子，盯上了他这门手艺。蒋启辉是仁安村综治专干，高中文化，头脑灵活，卖过摩托车，养过猪，如今决意跟蒋吉文学造纸。

“我准备把土法造纸打造成一个民俗项目，同时，在仁安村搞乡村旅游……”蒋启辉扶了扶眼镜，眉飞色舞地谈着他的蓝图，看来醉翁之意不在酒。蒋吉文在旁边干笑着，插不上嘴。

“百里竹海绿幽幽，高山下面一条沟”“十修观音九修佛，五黄六月进焙屋……”

离开仁安村很远了，耳边还回荡着蒋吉文自编的小调，有些苍凉。

四

“哐……哐……”

铜锣发音清亮，绕梁不绝。门外，烈日下的庄稼们也不禁抖了一下。

许国祥说，这面大锣是他父亲留下的，敲了50多年，声音还是这样纯正！

摆弄着父亲的遗物，许国祥若有所思。这些年来，他做了无数面铜锣，但没有一面的音质超过了父亲做的，个中原因他也弄不明白。

下午太热，许国祥没有干活。锻造屋内，有两座熄了火的炉子，一个裹着皮布的大风箱，地上堆着铜模、金墩、木墩、铁锤等工具，墙上挂着大大小小的成品，有大锣、小锣、马锣、包锣、钹，还有一块“重庆市非物质文化遗产——铜乐锻造技艺”牌匾。

许国祥的老家在忠县，祖父是当地有名的铜匠和银匠，后来，祖父把家迁到梁平袁驿镇柳河村，许家铜匠技艺又在袁驿一带声名鹊起。

铜锣是许家的主要产品。以前，民间需求量很大，婚丧嫁娶、戏台演出，都离不开这些打击乐。铜锣一敲，整个村庄人头攒动，热闹非凡。那是一种真正的乡村盛会。

许国祥的父亲和哥哥都会做铜锣，父亲不幸于1972年病逝，之后哥哥接着做。1974年，16岁的许国祥跟着哥哥学做铜锣，做了十多年，在当地小有名气。

然而，随着土地包产到户和打工潮的兴起，村庄人气逐渐冷清，铜锣也卖不出去了。30岁那年，许国祥痛下决心：不做铜锣，学开车！此后，他开了20多年的车，货车、中巴车都开过，也挣了一些钱，家里修了楼房，生活过得滋润。

促使他重操旧业的是哥哥。哥哥一辈子都做铜锣，哪怕家里再穷也要做，一直做到2010年去世，临死前，他紧紧抓着许国祥的手："兄弟，许家这门手艺莫要断了……"

许国祥含泪答应了哥哥，从此回到火炉旁。

做铜锣不仅是技术活，也是体力活。技术方面，要会化铜、成坯、溅火、打制、排音。体力方面，要碎料、打锤，非膀圆背粗者不能胜任。整个制作环节，溅火和打制特别关键，俗话说"铜八锤"，就是说铜坯烧红后只能打八锤，溅火和打击力度稍不对，铜坯就会破裂。许国祥总结了一句话："不打红，不打黑，专打牛肉色。"

他说："劳累一天，最多做一两面小锣，做一面大锣起码一周时间。做铜锣找不了几个钱，纯粹是为了传承这门手艺。"

是啊，现在铜锣的市场已非常窄了，加之又有机器工艺的冲击，手工制作铜锣，几乎如同堂吉诃德挑战风车。

许国祥今年58岁，身体还行，他说要坚持做下去。至于以后嘛，儿子和侄儿已学会打大锤了，他们也表示要学做铜锣，但眼下在跑车做生意，忙于养家。

也许，在许国祥父子眼里，做铜锣与物质追求无关，而是一种精神追求，为了维护家族的一份荣誉。我想起"竹林七贤"中的嵇康和向秀，他们把在大树下打铁当成快乐。但愿许氏父子也能在制作铜锣的"叮叮当当"声中，找到一份真正的快乐。

临走时，许国祥送了我一张名片，托我帮忙联系业务。名片上印着“许氏响器”几个字，让我想起古老的市井与江湖。

五

专家们常说，“非遗”是“文化活化石”，是民族文化传承的密码。留住这些“非遗”，就是留住我们民族传统的“根”，文化的“魂”。

在梁平，我看到了一种文化意义上的坚守。

梁平自西魏元钦二年(553年)建县，一直称梁山县(以境内西山主峰高梁山得名)，1952年，因与山东省梁山县同名，而改称梁平县(现梁平区)。梁平地处渝东北，自古为长江下游入蜀必经之路，一条古驿道横贯全境。古老的农耕文化和商贸文化，赋予了这片土地厚重的文脉，也让那些非遗项目得以完整保存下来。

梁平区文化部门的同志告诉我们，梁平是名副其实的“非遗之乡”，如今国家级非遗项目就有四项：癞子锣鼓、竹帘、木版年画、抬儿调，市级有21项，县级有86项。这在重庆甚至整个中国，都是不多见的。

当然，如何保护好“非遗”项目，是一个世纪性的难题。有的“非遗”项目，通过一定形式的创新，能较好融入现代生活，如竹帘、竹雕、灯戏等；有的“非遗”项目，由于其本身较强的年代性、地域性或家族性，如果政府不主动介入，可能就会在时代变迁中渐行渐远，以致消失，如癞子锣鼓、土法造纸、铜锣制作、抬儿调之类。

要保护好“非遗”项目，前提是保护好那些“非遗”传承人，他们才是文化的承载者、传播者。没有他们，非物质文化遗产将会烟消云散。

在这方面，梁平已先知先觉。尽管财力并不富裕，但区里仍拨出一大笔资金，成立了全市唯一的县级文物保护中心，建立了一大批市县级传承教育基地和生产保护性基地，同时，已培育了4个国家级传承人、37个市级传承人、115个县级传承人。

有了这一大批传承人，梁平的“非遗”，定会薪火相传、发扬光大！

这次采风，我只了解了徐家辉、蒋吉文、许国祥三名市级传承人，但在他们身上，我已看到了梁平“非遗”的希望。

顺便说一句，这三人虽年龄、相貌和行业各不相同，但目光都炯炯有神，是真正的艺术家。

鼓痴贺志灿

◉曾小燕

在美丽的渝东梁平，有一个美丽的小镇，这里民风淳厚朴实、乡土文化源远流长，既有梁平蓝印花布、梁平木版年画、梁平草把龙等非物质文化遗产，更是“梁平癞子锣鼓”盛行地之一，有“中国民间文化艺术之乡”的称号，这个小镇就是闻名遐迩的礼让镇。故事主人翁——一名普通的共产党员，人称“鼓痴”的民间艺人贺志灿就出生在这个乡土文化浓厚的小镇。

癞子锣鼓是盛行于梁平境内的一种打击乐器，距今已有1000多年历史，一般在传统节日和婚丧嫁娶上敲打，以渲染气氛。贺家在礼让镇算得上癞子锣鼓世家。受家庭的熏陶，贺志灿从小痴迷癞子锣鼓，不到6岁就跟着父亲学艺，12岁时就熟练掌握了癞子锣鼓的所有引子和打击技巧，在乡间小有名气。

20世纪90年代初，改革的春风吹进了这个小镇，18岁青年贺志灿丢下世代相传的癞子锣鼓祖业，踏上了南下的火车。正当他准备立足大都市实现自己的老板梦时，一次偶然的返乡，逆转了他的人生轨迹。

2004年底，贺志灿接到了母亲病重的消息。在照顾母亲期间，父亲无意中提起贺家世代引以为豪的传统祖业——梁平癞子锣鼓将面临后继无人的困境。在民间，从事这个行业的都是上了岁数的老人，随着老人的离去，传承上千年的梁平癞子锣鼓也将会逐渐消失。看着父亲脸上的焦虑和无奈，想到自己能打一手绝好的癞子锣鼓，却不能让它后继有人，贺志灿的心似乎被什么东西生生地牵扯。好多个夜晚他辗转反侧，不能入眠。经过几个昼夜的反复思考，他终于做出了决定：放弃当老板，回家做癞子锣鼓传承人。这一年，他36岁。

但事情远比想象中艰难。首先，他的决定遭到了妻子的强烈反对，妻子讥讽他脑袋有病；街坊邻居嘲笑他是个“白痴”。其次，传承癞子锣鼓必须要有学徒和授课的场地，而且还要有足够的资金购买乐器。但贺志灿没有被困难吓倒，没有钱，他瞒着妻子拿出了自己打工存的积蓄购买了五套乐器；没有徒弟，他瞄上了自己七岁的女儿和五岁的侄儿；没有场地，他腾出了自己家并不宽敞的堂屋；没有老师，自己就是现成的师傅……

民间有规矩，癞子锣鼓传男不传女，在传授上讲求口传心授，没有现成的曲谱。为了实现心中的梦想，贺志灿硬着头皮给妻子做工作，耐心地给她讲传承癞子锣鼓的意义。看着丈夫对癞子锣鼓如此痴迷，妻子无奈地默许了……贺志灿如愿以偿，开始教女儿和侄儿练习癞子锣鼓。在贺志灿的努力下，两个孩子很快掌握了癞子锣鼓里面的三个基本乐器——马锣、钹、鼓的演奏方法。更让贺志灿感到欣慰的是，妻子也被他动员起开始学打癞子锣鼓，加上自己和父亲，一个完整的家庭锣鼓队组建起来了。

每当茶余饭后，贺家老小就把乐器拿出来，在家门口拉开架势，"喽丑当、丑喽当"地敲上一阵。锣鼓声吸引了街坊邻居和大批孩子来看热闹，贺家的家庭锣鼓队逐渐成为礼让场镇上的一道风景。来贺家玩的孩子多了，贺志灿就有意识地动员那些对癞子锣鼓感兴趣的孩子家长，让他们把孩子送来学打癞子锣鼓，并承诺不收一分钱学费，家长们动心了。

贺志灿终于收到了第一批24个少儿学员，正式开始了他的癞子锣鼓传承。经过几个月的精心培训，孩子们掌握了癞子锣鼓的基本技巧，能够敲打出一些简单的曲子了。每逢周末礼让镇赶集，贺志灿就带着孩子们在场镇的空地上给乡亲们义务表演癞子锣鼓，活泼的动作，优美的旋律，孩子们可爱的表情加上对传统文化的认同，这支20多人的少儿癞子锣鼓队很快出名了。

就在这时，区文化部门听说了贺志灿义务传承癞子锣鼓的事情，并有了一支不错的少儿锣鼓队后，就邀请贺志灿带着他的少儿锣鼓队参加了区里举办的一次大型文艺演出，其鲜活灵动的表演获得了观众的认可。贺志灿初获成功，前来拜师学艺的孩子蜂拥而至，他家的堂屋已经装不下这些孩子，现有的几套癞子锣鼓也不够用了。贺志灿萌发了一个新的思路，就是找学校合作，让更多有兴趣的孩子能够系统地学习癞子锣鼓。

熟知癞子锣鼓的老艺人都知道，传统梁平癞子锣鼓是以不同的六种打击乐器，敲打出各种不同的引子来。在打击过程中要做到"心口手三合一"，同时要求敲打出音韵起翘、轻重缓急、干净洁白，这对开发孩子的智力非常有帮助。有了这个理由，贺志灿信心百倍地找到礼让镇来宝小学的方徐林校长，方校长同意了他的请求。就这样贺志灿在来宝小学招到了40个学生。

为了满足学生用鼓，又不让学校在资金上为难，贺志灿把自己办家庭锣鼓队的五套乐器都捐给了学校。忙不过来时，贺志灿就动员父亲跟他一起为孩子们义务教学。为了让孩子们产生兴趣，贺志灿打破传统，保留精华，在十八癞子的基础上融入现代元素，改编了《喜盈门》《龙凤呈祥》《柚乡鼓韵》《鸭子戏水》等20多个曲目。改进后的癞子锣鼓曲目给人耳目一新的感觉。他还大胆改变传统的敲击方式，利用孩子们好动的天性，在敲打过程中变换动作，让严肃的表演方式成为活泼生动的舞蹈表演形式，深受孩子和观众的喜爱。

在贺志灿的努力下，学校的少儿传承班办得生机勃勃。但贺志灿的心里还不满足，他要组建一支女子癞子锣鼓队，彻底打破几千年来民间“传男不传女”的世俗观念。2008年底，他让妻子到街坊邻居中去动员女子学打癞子锣鼓。一时间，“贺白痴”“贺癞子”“神经病”等谩骂声不绝于耳，但他顶住压力，硬是把一支26人的女子癞子锣鼓队给建起来了。2009年6月，在第四届梁平癞子锣鼓抢彩台上，出现了一支身着蓝布碎花服装的女子癞子锣鼓队，她们以优美的舞姿、美妙的旋律和整齐的节奏敲响了传统文化的新篇章。有了组建女子锣鼓队的经验，贺志灿将传承大业铺向了更广的天地：企业、军营、社区都留下了他的身影，他的名字也开始响彻柚乡大地……

到2010年，贺志灿的癞子锣鼓队伍已达到上千人。期间，他向老营村党支部申请加入了中国共产党，他要用一名共产党员的标准更好地发挥自己的带头作用。在他的带领下，他的父亲、妻子、弟弟、几名徒弟都成了他传承癞子锣鼓不可缺少的帮手。

一直以来，贺志灿坚持义务教学，没有向学生和相关单位收取一分钱的报酬。参加演出和授课也经常自掏腰包，当年打工挣的钱全都花在了癞子锣鼓的传承上。为了维持最基本的开支，贺志灿夫妇开过建材门市、办过乐队，但都因为他忙于教学而荒废了自己的“正经”事业；他那一亩三分地里常年颗粒不收；他没有一分钱存款，自己的房子四壁透风却无力维修，女儿想买件新衣服都要考虑再三；为了写出一首有创意的新曲子，他经常彻夜不眠，有时候睡到半夜忽然灵感来了，爬起来就写；他常常为了赶着去授课而疏于照顾家人；他的嗓子因为劳累而沙哑；他跟别人交流时句句离不开癞子锣鼓……很多人问他这是为了什么，这位朴实的汉子总是那句话："我是一个艺人，更是一名共产党员，我有责任和义务为我们的传统文化奉献我的所有。"在众人眼里，贺志灿已然成了名副其实的"鼓痴"！

一分耕耘，一分收获，贺志灿为梁平癞子锣鼓的传承与发展付出了艰辛的努力，也收获了许多。九年来，贺志灿的癞子锣鼓队从一个五人的家庭班发展到现在的3200多人，他的徒弟里有女子，有幼儿，有中小学生，有军人，有企业职工，有社区居民，他们曾多次参加社区、县、市以及外省举办的各类文艺演出；他的传承大业得到了区级相关部门的重视和支持；他所在的礼让镇成了梁平癞子锣鼓的培训基地；他个人先后被重庆市评为市级非物质文化遗产项目代表性传承人，荣获了重庆市第二届优秀志愿者、礼让镇优秀共产党员称号，获得梁平县"非遗"传承突出贡献奖，梁平县道德模范提名奖；2011年底他当选为梁平县第十三届政协委员；2011年6月他代表重庆参加了中央电视台音乐频道《民歌·中国》栏目的录制；2012年10月，他代表梁平站上了《中国达人秀》的舞台，实现了自己的癞子锣鼓传承梦。

生命不息，传承不止。这就是贺志灿，一个有着精湛技艺的民间艺人，他用最朴实的行动、满腔的热情、无私的奉献，诠释了一名普通党员的奉献精神和执着的信念。是他，让一个濒临绝迹的民间技艺重新走进了百姓的视野；是他，让流传千年的癞子锣鼓重新焕发出了夺目的光彩！相信今天的“鼓痴”贺志灿会带着他的癞子锣鼓传承梦，走出中国，走向世界，奔向更加光辉灿烂的明天。

沾满阳光的 啰儿调

◉ **晓河黄莺**

太阳出来(啰儿),

喜洋洋(啾啷啰),

挑起扁担(啷啷扯,哐扯),

上山岗(啾啷啰)。

……

古老的曲调仿佛把人们又带回了那遥远的岁月……

远古时期的石柱土家族自治县(以下简称石柱)是一片蛮荒之地,孤独的村庄在大风吼鸣的荒山野岭里挺直了炊烟,蓊蓊郁郁的树林里杂草丛生,时常有野兽出没,在山大人稀的自然环境中,上山劳作的人们就借助唱山歌来驱逐寂寞和恐惧,相互间用歌声来壮胆。也由于地处荒野,常年高寒,衣衫褴褛的人们盼望太阳出来时的喜悦心情,就不言而喻。

贫瘠而又富饶的大山,是土家族人赖以生存的地方。于是他们"靠山吃山",从山上寻找生活食粮和燃料,每天清晨,雄鸡唤醒了沉睡的森林,人们便拿起斧头,挑起扁担,背起绳索,上山砍柴,采摘食物,播种粮食。他们奔走,他们歇息,脚下沾满了寒凉润湿的泥土,当东方的太阳从山岗上升起,朝露晶莹的树林间便弥漫着一缕金黄色的霞光,弥漫着人们渴望温暖的"嗬——嗬——嗬——"的感恩。光芒万丈的太阳使缺衣少食的人们能够抵御萧瑟的寒风,给劳作的人们带来了无尽的暖意,于是他们的脚步更加矫健豪迈,更加充满获取生活果实的信心。太阳给了大地生命,让万物生长,丰收在望,每个人脸上都充满了笑容,给了他们战胜困难的力量和勇气;太阳也让蝴蝶在遍地的野花中翩翩起舞,众鸟嬉戏追逐于清幽的旷野之中,甚至潺潺溪流也会随着艳阳轻歌曼舞,土地和农田充满了劳动的气息。

于是,在砍完一捆柴火后,在摘得一篮山果后,在挖到一些食物后,他们挑起扁担行走在山梁上,面对太阳心中充满了万分感恩,这种感恩从胸中荡漾开来,从原始的音乐节奏中荡漾起来:"太阳出来(啰儿),喜洋洋(欧啷啰),挑起扁担(啷啷扯,哐扯),上山岗(欧啷啰)……"歌声回响在整个山野。曲调虽然单一,但充满了泥土的质朴,这种随心情而吼出来的对太阳、对大自然的感恩之歌便是《太阳出来喜洋洋》的雏形。这种感恩一代一代流传,一代一代积累，一代一代地完善成熟起来，从那些浑厚而嘹亮的歌声中，我们能听到快乐、豪迈、自信、感恩、勇敢的土家族人的精神内涵，也象征着他们积极向上的生活态度。

啰儿调是在劳动中诞生的，它酣畅淋漓地表现了土家族人的乐观、豁达、睿智、幽默的民族性格。据当地的老人讲，最早啰儿调里面的"二郎啰"是"二嫂喂"，在石柱，兄弟只能和二嫂开玩笑而不能和大嫂开玩笑，因为长兄如父，长嫂如母。于是《太阳出来喜洋洋》的原始歌词是：

太阳出来（啰儿）喜洋洋（啰儿郎啰），
捞起扁担（啷啷扯，哐扯）上山岗（嗽，二嫂喂）。
上山砍柴（啰儿）走山梁（啰儿郎啰）
专砍山中（啷啷扯，哐扯）弯棒棒（嗽，二嫂喂）。
……

说起《太阳出来喜洋洋》这首民歌的改编诞生过程，还得从石柱的荣誉市民——蓝河先生讲起。1947年，重庆地下党介绍进步人士蓝河先生到石柱避难，在石柱这片热土上，他以啰儿调为基调编曲，搜集整理出了啰儿调的曲子，并将D调改为C调，修改了部分乐谱，请了当时北碚中学的语文老师金鼓填写新词，摒弃了原民歌中的"二嫂喂"等"嘻痞"衬词，将原句中生僻的方言词改为通俗易懂的字词，使歌词显得更加好听易记，于是民歌《太阳出来喜洋洋》由此诞生。再后来，在歌唱家蔡绍序声情并茂的演唱下，这首脍炙人口的歌曲推介了出去。如今这首民歌在传承人刘永斌的演唱中传遍大江南北。跟原来的啰儿调山歌相比，它不仅歌词有了新意，充满了对幸福生活的向往与追求，而且在曲调处理上也更为舒展悠扬，成了催人奋进的群众歌曲。

啰儿调还可以根据不同的时代、不同的环境进行修改和填词。明中期写秦良玉时是这样唱的：

邱太静哟喂，心肠嘛有点儿黑哟，窃报私仇嘛整忠良。秦良玉嘛守空房，还能带兵保兵粮。

在抗日战争时期就成了：

拿起刀来嚜，拿起枪哟喂。拿起枪嘛啰儿啰，打东洋哟喂。东洋鬼子嚜，太猖狂啰喂。侵我国土啰，抢钱粮哦啰。

体现了我中华民族不屈不挠的反抗精神。

追根溯源，充满乡土气息的土家族啰儿调，历史悠久、源远流长，堪称绚丽的土家族文化奇葩，也是“巴渝文化”的一部分。有资料记载，石柱啰儿调民歌与唐代竹枝词有渊源。竹枝词的主要流行地区是以巴渝为中心，下及两湖。在唐宋时期诗歌是用来唱的，山歌是用来对的，其中啰儿调就是最具代表性的一种。比如，唐代诗人刘禹锡的“杨柳青青江水平，闻郎江上踏歌声。东边日出西边雨，道是无晴却有晴”。可以这样唱：

杨柳青青嘛啰儿——江水平嗽——啰儿啰，

闻郎江上嘛——啰儿，踏歌声嗽——啷啷扯。

东边日出啰儿——西边雨嗽——啰儿啰，

道是无晴嘛——啰儿，却有晴嗽——啷啷扯。

但到了明末清初，四川一带战祸不断，沿长江一线的州县人烟稀少，竹枝词逐渐消逝其踪迹。而在处于“三巴”和“湖湘”中间地带的大山深处的石柱，它竟被保存了下来，或许是封闭的缘故吧，竹枝词和当地的民歌彼此融合，形成了土家族啰儿调。从句式结构上看，竹枝词为整齐的七言四句体，而七言四句体在土家族民歌中相当普遍，啰儿调中的儿化音，同石柱土家族方言习惯，同出一辙。其间用“啰儿”“啷啰”等作衬腔，同竹枝词中的“竹枝”“女儿”衬词有异曲同工之妙。再则，竹枝词“调同词异”的特点最为明显，石柱啰儿调中的《太阳出来喜洋洋》歌词“太阳出来（啰儿）喜洋洋（嗽啷啰）”即是如此。

在过去很长一段时间里，石柱土家族的啰儿调相当盛行，每逢重大节日或者祭祖庆丰收时，人们边唱啰儿调边劳动的场面可谓热火朝天，在田间或者地头支上一个大架子，摆上锣鼓，请一位懂得鼓乐节奏的劳动力来擂鼓，全寨人其乐融融。实际上，在生产力不是很发达的农耕社会，为了最大限度地发挥人的潜能，经常是借助唱歌来调动人的劳动热情。在那个娱乐方式较少的年代，能歌善舞的土家族人将啰儿调山歌的作用发挥到了极致。

啰儿调最好的伴侣是咂酒和摆手舞。人们喝着自家高粱酿制的咂酒，跳起欢快的“舍巴日”摆手舞，于是你方唱罢我登场，慢慢地就形成了一种山歌的对唱形式。由于是对唱，就得让人唱完上一句，有点儿时间来想下一句，让人能够现场发挥即兴填词，而这些“啰儿，啾唧啰，唧唧扯，哐扯”等衬腔、衬词就起到了一种缓冲作用，让对歌人有时间去准备唱词，从而起到以衬腔和衬词美化旋律的作用。《岩上砍柴岩脚梭》就是采用的典型的啰儿调对唱形式。

男声：街上妹子（嗦），下乡来（哟喂），
灯笼裤脚嘛（啰儿啰），是红绣鞋（哟喂）；
青布围腰（嘛嗦），花腰带（哟喂），
风流调子（嘛啰儿啰），扯出来（哟喂）。
女声：对门娃儿（嗦）你莫想凶（哟喂），
背上背个（嘛啰儿啰）蔑弓弓（哟喂），

恁一弓来(噻),是那一弓(哟喂),

弓得你幺妹(嘛啰儿啰)野老公(哟喂)。

这首男女对唱的山歌,情趣悠扬,久久不绝于耳。啰儿调这种原生态的山歌演唱内容十分丰富,有生活歌、山歌、情歌、对歌、诙谐歌、号子等,或悲苦叙事,或调侃生活;或歌颂勤劳奋发,或追求男女爱情;等等。

例如,有生活情趣浓郁的《怀胎歌》,从正月唱到腊月,正月怀胎,腊月背起娃娃走娘家讨打发;有直抒豪情的《吼山曲》:"清早起来去过河,钥匙落在回水沱;落了钥匙坏了锁,情哥你哟害了我。"有简洁明快、乐观风趣的《扯谎歌》:"太阳落土又落坡,听我唱首扯谎歌,扯起茅草三大抱,捆起太阳往上拖。半天云里安磨子,推得月亮打哆嗦,白云高处架炉灶,抓把星宿下油锅。"有风流情歌《小情郎》,有诙谐直白的《幺妹长成人》,有即兴发挥、插科打诨的《对门大嫂肥又肥》,有配合默契、铿锵有力的《抬工号子——小手郎》,有生动形象、带有全程劳动记叙性质的《打夯号子》,还有情趣别异的《栀子花儿开》:"栀子花儿顺墙栽,这朵花儿靠墙开;栀子花儿春夏开,这朵花儿香墙外。"

这些原生态啰儿调,它们忠实地记载着当地的民风民俗,同时,也催化着民风民俗演进,它是一部记载当地土家族人历史发展和社会进程的活的教科书,具有珍贵的民族音乐文化传承价值。但一度受大环境的影响，啰儿调被定为黄色淫秽的东西，因而迅速衰败，处于难以为继的濒危状态中，好在历史的拨乱反正，又让原生态的啰儿调充满了希冀之光。

如今，石柱的大山里飞出了唱响天下的世界名曲，《太阳出来喜洋洋》成了石柱一张响当当的名片，当我们用心灵去感受，用耳朵去触摸这些源自岁月、起自祖先的歌声时，不禁对在大山里面，在高寒的土家族山寨，在劳动中创造了如此伟大的杰作的土家族人肃然起敬。

无中生有鼈子鸡

◉ 何仙草

享誉海南“四大名菜”之首的文昌鸡，是因为那个叫潭牛镇的天赐村，得天独厚，鸡啄食了营养丰富的榕树籽，肉质香嫩特别，才名震天下的。而隐藏民间久远，烹饪独到，文化厚重的竹园鼈子鸡，却凝聚着普通人的心血与智慧，早已成为一张国际饮食名片，这张名片上清晰地刻着：竹园鼈子鸡。

与人言语交往，不可添盐加醋；而竹园鼈子鸡，却贵在“无中生有”。一只鲜鸡，配上秘方，放进特殊的器皿里，滴水不加，文火慢蒸，越蒸越有，最后满鼈子的清汤，浓香扑鼻。这浓郁的香味，早已激发了我们了解“非遗”竹园鼈子鸡，品尝竹园鼈子鸡的欲望。

一

说起竹园古镇，满心的自豪油然而生。因为，我吮吸的母乳里，就飘着蠶子鸡的浓香。很荣幸，我就生在那个竹林密布、绿水环绕的古镇。古镇顺河而建，古巷老街，木门雕窗。老乡们背着背篓，叼着旱烟，赤脚走在青石板上，“咚咚咚咚”，敲击出小镇古老的回音。就是这群勤劳的人，创造出了一道天下叫绝的美味——蠶子鸡。

古镇海拔过千，气候温湿，粮食作物生长期久长，家禽牲畜也生长缓慢。喂养一年的猪，不过百斤，饲养一年的鸡鸭，就一把面条重。一年忙到头了，老老少少，该安心过个年了。家家户户的团年宴席上，少不了一道美味——蠶子鸡。每到腊月三十天，各家各户灶头的蠶子鸡，热气腾腾，扑鼻的肉香，从橱窗里，从木板缝里飘出来，让浓浓的年味儿，弥漫开来。大爷大婶见面点头就问：“蠶子蒸好了？”“好了，好了！”得意的回答，欣喜的笑容，把老街烘托得如意祥和。鞭炮响起来了，街头的巷尾的，一拨比一拨急，该团年了。四方木桌中央，少不了蠶子鸡，这是主妇花了一整天的时间才烹饪出来的。举家团坐，举杯同庆，好不热闹。好像所有的情愫，都浓缩在蠶子鸡的浓香里。

甑子鸡在竹园古镇已香飘200多年了。古镇人家有贵客，得蒸甑子鸡，小媳妇坐月子，得蒸甑子鸡。甑子鸡蒸出了古镇的待客之礼，甑子鸡蒸出了古镇人健康的体魄。

二

甑子鸡的独特，首先在于烹饪的器皿——甑子。甑子制作的演变历史，正代表甑子鸡香飘的历史。竹园碗厂是甑子制作的唯一厂家，为甑子鸡的手艺传承，许多工人做出了不可磨灭的贡献。

最早的甑子是一个有盖的陶瓷钵，盖上有提钮，竹园人叫旱甑子。旱甑子也有一段发展历史，由无气眼变成四个气眼。甑子用途很多，主要用于蒸鸡和拍醪糟。蒸鸡的时候，把鸡和腊肉放进甑子，再放进倒立的甑子里，口面上放一只瓷盆，盆里盛冷水。甑子放到铁锅里，锅里加水，文火慢蒸。蒸好的甑子鸡，清汤有限，不够一桌人喝。那是因为旱甑子有很多的局限性。

为了操作简便，蒸出来的汤多又香，就有了第二代甑子——独眼甑子。甑子的中央多了一个气眼，直通锅里。食材围着气眼摆放。盖子成了凹状，可以直接加冷水，这样就代替了先前放在甑子上装冷水的瓷盆。这种甑子也有一定的不足，中央的气眼占据了空间，蒸不了多少食材。

碗厂工人们长期琢磨研制，便有了第三代鼈子——双眼鼈子。鼈子的气孔从中间移到了鼈子外侧，眼孔在鼈子里。这样就基本能满足烹饪的需求 。不过，耗费的烹饪时间比较长，家里临时来客，是吃不了鼈子鸡的。

为了解决耗时的问题，我们的工人们动了心思。再后来就有了多眼鼈子，由双眼发展到三眼，四眼，甚至八眼，这样一锅腊肉和鸡，最多两个小时就可以蒸好。临时来的客人，拉拉家常，就可以喝到喷香的鼈子鸡汤了。

鼈子的制作极其不易，成功率低，十个鼈子毛坯，大概只有一个可以烧制成功。所以，烧制成功的鼈子上，都有一个字，那便是订购者的姓或者名。

鼈子的烧制，经历了漫长发展的过程，也涌现出一批技艺高超的工人，他们真正称得上民间艺术家。厂里唯一的绘制师傅叫陶昌达，他高高的个子，清秀的面容，不多言语，整天都在琢磨手中的碗泥巴，他的设计制作是完美的。在传承人常引航的“非遗”演习所里，就有一个他亲手制作的四眼鼈子。据说这鼈子经历周折，好不容易才进了演习所。鼈子的设计科学，制作精细完美，釉花精美，盖子中央书写一个“清”，这一个“清”字，引得我们后人诸多猜想。这鼈子堪与景德镇的大家精品媲美，称得上是鼈子里的极品。

鼈子的制作在延续，工艺在改进，烧制的成功率也大大提高了。可惜，竹园碗厂这家国有企业，于1995年正式退出了历史舞台。可那些勤劳的人们，他们的智慧，犹如烧刻在盬子上的字，不可磨灭。

三

2011年4月，重庆市人民政府将“竹园盬子鸡”列为非物质文化遗产，并授予常引航、刘俊为竹园盬子鸡传统制作技艺代表性传承人。在民间流传200多年的盬子鸡，终于有了应有的归宿。随之，“无中生有”的盬子鸡，便香郁神州，誉满全球。在传承的道路上，常引航、刘俊甘担重任，不计名利，为民间饮食文化做出了可圈可点的成就。

常引航、刘俊，都出生于竹园古镇。古镇的崔家河，给了他们快乐的童年；古镇满山遍野的金竹，赋予了他们高洁的气节；古镇纯朴的父老乡亲，熏陶出了他们善良朴实的品行；良好的家风和优良的教育，铸就了他们辉煌的人生。常引航父子都是军人，父亲参加过解放大西南，九死一生，他把对人生很多的思考，都说给了儿子常引航听。常引航跟父亲一样，做事雷厉风行，对人坦诚不掺假。常引航的前半生，家和事业成。年纪轻轻就当上了某企业的法人代表，正当他想憋足劲儿，施展自己的抱负之时，改革的浪潮把他击倒在失业的沙滩上。他曾失意过，甚至差点儿抑郁。可他在家人和朋友的劝慰下挺了过来。他也曾给别人打过工，也做过小买卖，但只要是靠自己的劳动和技能生活，他都觉得光荣。在家里，他最爱替妻子做饭，特别是过节，他都要露一手。他的拿手菜就是蒸盬子鸡，这是他打小从母亲那里学来的。他蒸的盬子鸡跟母亲做的一样好吃。吃过他盬子鸡的人，都会称道不已，常引航做菜的名气，盖过了他在广场飙歌的名气。

无独有偶，刘俊的人生经历，几乎与常引航类似。刘俊父子同样是军人出身，只是刘俊的父亲是参加过抗美援朝的军人，枪林弹雨走过来，实属不易。刘俊是武警，退伍后跟常引航在同一个单位上班，又同时下岗，一同创业。他们一生友谊深厚，胜过亲兄弟。略有不同的是个人爱好，常引航酷爱歌唱，刘俊喜欢太极。

2008年，奉节县把竹园盬子鸡列入了申报“非遗”的计划，常引航、刘俊自然是无二的担当者。

盬子鸡的传承，首先是盬子制作的传承。而有几百年生产历史的竹园碗厂，在1995年就倒闭了，那一批以厂为家，视厂如命的工人们，如散了家的流浪汉，四处流落。常引航却几经周折，将竹园碗厂的老厂长王兴隆，程明安、程楚厚、匡永明等九位师傅，请到竹园老林口程楚厚家中聚会，师傅们非常高兴，耐心细致地介绍、讲解竹园碗厂的兴衰变化，盬子制作的工艺、美感、难度及其演变过程。常引航还自带食材，利用程楚厚家里的老锅老灶做了篮子鸡。师傅们喝着鸡汤，品着美酒，绝口赞叹：就是这个味道，就是这个味道！

但要问起篮子来，他们却个个摇头，家里早就没有那东西了。哪里去寻原状篮子的踪迹呢？踏破铁鞋无觅处，得来全不费工夫。常引航四处打听寻找了几个月，回到老家，他低沉的叹息，惊动了邻居匡孃孃。老人家80有余，颤颤巍巍地敲开了常引航家的门，问起缘由，匡孃孃拉着引航直往她家里走。就在她家的储藏室里，在尘土飞扬的黑暗中，匡孃孃找出了三个篮子，其中一个旱篮子就是篮子的最早样子，是匡孃孃外婆的嫁妆，大概有150年的历史了。常引航捧着旱篮子，如获至宝。他激动地掏出一把钱，塞给匡孃孃，匡孃孃生气地说："引航，你把我当什么人？只要是你引航需要的，不打紧。"

常引航下乡当过知青，至今还记得他落户的那个地方叫平安乡。空闲时，他又回到了平安乡去看望乡亲们，乡亲们个个都认得他。在人群中，他认出了银白须发的龚伦钤，他俩可是忘年交。叙聊中，常引航说起最近的烦恼，龚伦钤热情地邀请他至家，拿出了珍藏已久的独篮子。常引航激动得老泪纵横，握住老朋友的双手，不知道说什么好。这个龚伦钤是渤海遗裔，博学懂医，特别是眼科，为乡里做了许多好事。他还奉献出了晚清时期老祖宗龚绍虞的《篮子鸡诗》：

鸡不开叫腊肉香

大头萝卜配生姜

不用生水自有水

文武火用小火长

骨肉相离最适味

阴阳相调最壮阳

龚绍虞的六句诗，把竹园鼈子的原辅材料、工艺流程、营养价值，都一一道来，真正体现了竹园鼈子鸡的美食文化源远流长。

四

鼈子鸡像一位小家碧玉，藏在古镇幽深的竹林里，隐在九龙观的云深处，直到2011年4月，鼈子鸡才步出竹林，飞出燕子崖，被重庆市列为市级非物质文化遗产。常引航和刘俊，真正的鼈子鸡传承人，捧着鼈子鸡，一路香过去，香到北京，香到海外。

中央电视台财经频道《消费主张》栏目，闻香而来，拍摄竹园鼈子鸡，鼈子鸡声名鹊起。2015年岁末，应《中国味道》之请，鼈子鸡亮相《星光大道》演播厅，如名曲萦绕九州。2014年，珠海电视台的《食客准备》栏目，播出了竹园鼎子鸡的制作过程，让食客们大开眼界。

在鼎子鸡的浓香回味中，再品读常引航的《鼎子鸡》诗：

汽水鼎子稀珍汤
浓郁飞扬千里香
如此佳肴竹园有
世间赢得几人尝

然后再听听常引航创作的《竹园鼎子鸡歌》：

三峡古镇哟
看竹园
竹园的小吃噻
多又鲜
走进那光溜溜的石板路哟
那鼎子鸡
鼎子鸡
鼎子鸡的香味哟
飘啊飘啊
飘啊飘啊

飘过了几座山呢……

鹽子鸡，这张中国饮食名片，一道天下人的绝世美味，定会口口相传，代代相传！

我在袁坝驿寻找梁平木版年画

◉ 李亚非

闲披屏市诸先生，
官绿榜黄色色新。
更有驰名京省处，
钩金水甲土门神。

这首由梁平（古称梁山）清代诗人蓝选青作的梁山竹枝词，表明今重庆市梁平区屏锦镇（诗中“屏市”）的梁平木版年画（诗中“土门神”），至少在100年前的清末已兴旺发达，驰名京都省府，屏锦镇作为梁平木版年画的最主要产地毋庸置疑。

而从报刊、书籍及网络上，总能看见“梁平木版年画产于屏锦、袁驿”的句子，之后关于袁驿产梁平木版年画的介绍，几乎就没有了下文。

袁驿镇(即袁坝驿)为何能生产梁平木版年画？有与屏锦镇一样的刷房街吗？有过哪些年画品种和著名商号？袁驿木版年画有过怎样的辉煌？它与屏锦木版年画在品种、色彩、造型等方面有着怎样的联系与不同呢？如今刷房街的作坊与传承人及其后代现状如何？

带着这些多年来在我头脑中萦绕的诸多问题，在这个莺飞草长、风吹花开的季节，我随梁平区作家协会同仁们四下袁驿镇，走进袁坝驿刷房街，寻找梁平木版年画在袁坝驿那些已经或正在消亡的历史痕迹与点滴故事，为填补袁坝驿产梁平木版年画的历史空白出点儿力；为梁平百里竹海景区旅游开发增添历史悠久、文化灿烂的旅游景点……袁驿刷房街做点儿贡献。

竹海方圆一百里，家家户户刷红纸

梁平，“一坝两槽，三山五岭，六水外流”，独特的地貌、丰沛的水量、雨热同期的气候，一方多情的水土浸润出一方多彩的“非遗”文化。

梁平，地灵人杰、文化灿烂，系全国著名的民间文化艺术之乡，拥有梁平木版年画、梁平竹帘、梁山灯戏、梁平癞子锣鼓、梁平抬儿调五项国家级“非遗”项目，系全国国家级“非遗”项目最多的区县之一。

西山百里槽的百里竹海，一张119平方千米的绿色被盖，有着竹山、屏锦、袁坝驿、七星、龙胜、新盛、明达、礼让、龙门及虎城等乡镇的美丽与幸福，富有寿竹、白夹竹、慈竹、楠竹等37个竹子品种，梁平因此被中国竹产业协会、国际竹藤网络中心授予“中国寿竹之乡”。

以竹子为原料的大小手工造纸作坊，一千多年来，在百里竹海辖区的乡镇的山间溪流边生生息息、热热闹闹，梁平手工造纸业成为当时四川著名的手工造纸业产地。所生产的呈淡黄色的手工二元纸，以吸水性好、着墨性强、外观古拙，受到众多书画家和年画家的青睐。

单就位于百里竹海西部边缘的袁坝驿作统计，在1953年，将众多私有手工造纸作坊进行社会主义改造，至少改造出邵新、双河、龙滩、公平、金柱、长胜、中和等七个造纸生产合作社，1968年1月又将它们合并建立邵新纸厂。由此不难看出，新中国成立前袁坝驿私人开办手工造纸作坊之多、造纸业之发达。

原梁平县政协文史专家田光国先生在他的《梁山手工造纸业史话》一文中说，梁山县的手工造纸业兴于宋，盛于清。晚清时所产祭祀用的黄表纸，产品优良，供不应求，全县普遍生产，达到3500多个纸槽，造纸工约有26000人，产品畅销东北、西北、西南、内蒙古、西藏等全国各地，远销东南亚，造纸业成为全县经济支柱之一。抗战时期，市场上机制白报纸奇缺，梁山各造纸厂生产的“土报纸”风靡重庆市场，成为供陪都重庆各大报社（含中共驻渝新华日报社）、出版社印刷书报的专用纸。

梁山县手工造纸业的繁荣催生出手工刷纸业的兴盛。

据《梁山县志》（清光绪二十年刻本）和有关书籍记载，昔日梁山乃巴蜀重要驿道川鄂峡路、小川北道、荔枝道等贯穿之地。从三峡入川者，弃舟于万州登岸赴蜀都、巴郡必经梁山，而袁坝驿是著名的驿站，地处沟通川东忠、万二州与川北绥定（今四川省达州市）、顺庆（今四川省南充市）二府的重要交通要道，故商贾、文人、武士、挑夫过往频繁、商贸发达。在清嘉庆年间，这个梁山西部近邻大竹、地势平坦的驿站名叫丹凤场，场上设有客栈和马栈，专供来往官员和传送公文者歇宿、换马之用，后因袁姓人多，“袁坝驿”由此得名。

那时，因为人们过年写对联和婚丧嫁娶对红纸、五色纸等的需求，袁坝驿和同样地处百里竹海边缘而手工造纸业也发达的商贸重镇屏锦，由此兴起以刷纸为业的手工作坊，形成了一条延绵几百米长“家家刷红纸”的刷房街。后来，刷房主为适应百姓信仰神灵庇护、尽孝祭祖等宗教民俗生活的需要，加之四川自古雕版印刷术发达，使“西南禅宗祖庭”梁平双桂堂木刻佛经版画雕刻与经书印刷著称全国。伴随“一代真儒”来知德、双桂堂“开山祖师”破山及“画坛怪杰”竹禅等梁山名人的文化浸润，在梁山，屏锦、袁坝驿两地刷房街的民间艺人们很快兴起从在白纸或色纸上印单色木刻墨线的纸马、灶神发展到印几个颜色的花纸、花笺等，广义上的梁平木版年画产生了。

可见，梁平木版年画是在因川东第一平坝而富足，因名人辈出而文化发达的梁山，因为梁平百里竹海丰富的竹资源而兴起造纸业，继而因为屏锦、袁坝驿作为驿站，商贸繁荣，人口稠密，为满足人们宗教活动和婚丧嫁娶日常生活需要而兴起的。

屏锦门神百姓喜，民国初年传袁驿

同样位于百里竹海边缘、同样是造纸业刷纸业繁荣的屏锦，当出现以门神、神话及戏曲人物故事等为主题，一块墨线版套印四五块色版到多至十一二块色版形式印画时，真正意义上的梁平木版年画便产生了。

那时，屏锦刷房街，作坊过百，画样过千，家家雕木刻版，户户描眉施彩。

作为首批国家级非物质文化遗产项目的梁平木版年画，在当时与绵竹年画、夹江年画齐名，一起被誉为“四川三大年画”。

据传，梁平木版年画兴于明朝嘉靖年间，盛于民国。在极盛时期，梁平木版年画年产量达数百万张，行销川、陕、鄂、豫、滇、黔、湘诸省及东南亚地区，蜚声海内外。

梁平木版年画制作工艺以木版套印为主，开脸时略施手工彩绘。其中在腮帮上抹红的技艺，形成梁平木版年画独具特色的艺术风格。

《中国年画发展史》载："梁平（木版）年画的艺术特点既不同于杨柳青（年画）的典雅细腻。又异于绵竹（年画）的鲜亮浓艳。而独自表现出一种粗犷野俗、浑厚凝重的原朴之美，具有重庆山区农民那种纯朴敦厚气质。"

屏锦生产的《盗令出关》即《四郎探母》（德和泰）、《加官晋爵》（信立号）、《立斧门神》（信立号）、《将帅门神》（正兴号）等作品已成为梁平木版年画闻名全国的代表作。

尤其是戏曲人物故事年画作品《盗令出关》，曾经受到中国年画专家王树村的高度赞扬。关于它，还有着一段为国悲壮、为爱凄美的戏曲历史故事：

《盗令出关》即《四郎探母》。

北宋太宗皇帝被辽兵围困在幽州城，幸得杨家父子赶来解围。辽国天庆王在幽州城外金沙滩设双龙会，想趁机杀害太宗。

北宋大将杨业长子延平化装成太宗赴会，其他七个弟兄均随行。北宋与辽国在金沙滩交战，杨家一门三个儿子大郎、二郎、三郎不幸殉国，五郎、八郎失踪，仅六郎和七郎脱险。被俘的杨四郎（延辉），改名木易（"楊"字拆开），后与辽国铁镜公主成婚。

漫长的15年骨肉离别之后，四郎听说六郎（延昭）小弟挂帅，带北宋军来雁门关保境，老母佘太君押粮草也随营同往，思亲之情油然而生。

沙滩赴会十五年，
雁过衡阳各一天。
高堂老母难得见，
怎不叫人泪涟涟？

四郎终于得到美丽的贤妻铁镜公主不惜冒死盗来的令箭，也不惧自己的生命危险，趁夜出关，私往北宋军营探母，恰遇六郎之子宗保巡营查夜，错把四郎当作奸细捉拿，缚至大帐，六郎见是四哥，亲自为四哥松绑，于是母子、兄弟齐相见，大家抱头痛哭，悲喜交集。

只可叹人世间道不尽的思念之情刚才相聚却又别离。

四郎连夜赶回辽国，未料盗令出关之事败露，辽主萧太后大怒，欲斩四郎，后经公主苦苦求情方无罪释放。

此杨家将历史故事，淋漓尽致地赞美了儿子对母亲的无比孝敬之情、兄弟之间的骨肉亲情以及夫与妻儿之间难舍难分的深情厚爱，真可谓苍凉凄美，哀婉动人！

梁平木版年画《盗令出关》，描绘了杨四郎即将出关探母与贤妻、乖儿分别时之情景：

举旗迈步将出关，

妻儿相送界路边。

千嘱万托话哽咽，

代向婆婆多叩安。

其造型简洁，构图巧妙，动中有静，四郎举令箭迈步为其一动，公主抱儿伫立相送为其一静，三人眼波涌动，顾盼情深！

梁平木版年画，不但戏曲题材的年画形象生动、故事感人，而且门神类年画也个性鲜明，全然没有全国门神年画似乎约定俗成的那种凶神恶煞之相，而是门神手上托财宝盒，脚下或立五子、和合二仙或配麒麟送子，呈现出一种吉祥的，送欢喜、送财宝的人见人爱神态，因而深得百姓和全国各地客商的喜欢。

相较于屏锦的梁平木版年画，袁坝驿所产门神类木版年画的历史不长。

袁坝驿，在当时是梁山县的一个大驿站，是川东从万州陆路出发，走万梁古道至今礼让镇玉石煤矿，爬百里竹海古驿道过九道拐、佛耳岩、文家坝（今竹山镇街道）、赛白兔去大竹、川北、陕西、甘肃等地的交通要冲，往来者络绎不绝。当地手工造纸业、刷红纸五色纸、印纸马花纸花笺等民间艺术的手工业发达，如此生产、销售年画极有利的条件必然吸引着袁坝驿刷房街的艺人、商人们创办兼印门神等梁平木版年画这种新的印刷业务。

因此，据2007年版《梁平木版年画》和《梁平县志（1986—2005）》载，袁坝驿的梁平木版年画是民国初年，一王（有说汪）姓者从屏锦传入的，其商号是“锟发号”，民国十一至三十年（1911-1941），袁坝驿“锟发号”年画作坊雇工50余人，可见规模甚大。

关于袁坝驿的梁平木版年画问题，笔者有幸采访了原梁平县文化局老局长李向东。在他如数家珍的介绍中，我明白屏锦产地年画多、质量也好，袁坝驿产地花纸多，多在品种和数量上。

我在对照他带来的梁平木版年画的照片时，发现在2007年版《梁平木版年画》书中刊出的袁坝驿“锟发号”作坊生产的三幅梁平木版年画《五子登科》《双扬鞭》《麒麟送子》，正是1978年李局长带着李斌（今梁平年画家）在袁坝驿石榴村孙文富（年画家）家买回的40余幅年画中的两幅。其造型、主色调、腮帮抹红等艺术特色与屏锦“恒泰正”“正兴号”作坊生产的同类题材门神完全吻合，两地木版年画一脉相承的师徒关系由此可见。

看着这些在李局长心中珍藏了40年的梁平木版年画老照片，这些因为那时他们无比爱岗敬业、热爱民间艺术而抢救出来的一幅幅国家二级文物，我激动万分。这些在今天有实物可见的老年画，令我们及后辈真正看到了纯朴敦厚、勤劳富足的梁平先民的聪明才智和大俗大雅的艺术气质。如今，生产出如此精美的梁平木版年画的袁坝驿刷房街、年画传承人及其后人，现状如何？让我们走进袁坝驿、走进刷房街，一探究竟。

刷房古街一寻访，袁驿年画曾辉煌

当我踏进袁坝驿这条仍保留着清末民初木板房古风的刷房街时，当我在宽4.5米、长432米的古老街上寻访、记录、丈量和抓拍时，刷房街早已无一间作坊在刷红纸、刷年画了。这些坍塌于地重重叠叠歪斜着身子的黑色檩子、这些空空洞洞的老作坊后屋的临河吊脚楼晃动的木窗，似乎在向我如泣如诉地讲述着曾经盛产、旺销的梁平木版年画，又即将消亡殆尽的一条古街的辉煌历史。

悠然间我仿佛走进了昔日喧嚣的刷房古街。那些用来烘烤红纸，让年画红彤彤的炉火啊，把一条古街渲染得通红、通亮。看着来自天南海北的客商在一家家刷房前手数红纸的身影，听着长辫小妹提着放满袁坝驿豆干、黄粑粑的竹篮满街梁山调那般清脆、风趣的叫卖声，瞬间，我真正走进了中国古老乡村中一条自豪与幸福交织、民俗与民艺交融的风情古街。

下面，让大家从我与在袁坝驿刷房街有缘相遇的采访者的交谈中，去想象、去穿越，走进袁坝驿刷房街梁平木版年画昨日辉煌的故事里，去感受梁平木版年画雕版刷纸刷画传承人及后人、挑夫队外卖等的历史吧！

李继国：74岁，梁平木版年画印刷工。

他家世代开刷房，他爷爷李玉合、父亲李克贤（1960年去世）、母亲王登碧（1988年去世）及他与妻子蒙享容（72岁）均是年画印刷工，生产五色纸、阴花纸、花纸及花笺，商号是"梁山县袁坝驿李玉合记"，新中国成立前这些商品销往大竹、达县、南充、梁山、万县等地；当时开刷房的老版出资建有梅葛庙，定期开梅葛会，制订刷房街年画、五色纸等行业的产销行规；1958年成立袁驿印染厂，各家的刷房并入集体统一生产，直到20世纪80年代初解散。

五色纸：将袁坝驿生产的手工二元纸，放入装有牛皮熬的胶水的木盆中拖胶，以增强纸张的韧性，晾干后用排笔刷色，有红、绿、黄、玫瑰红等多种颜色，"红绿当道"是当时的流行语，红纸主要用于过年写对联和结婚嫁女时用。

阴花纸：将白纸或五色纸放在木刻花纹板上，用光滑的鹅卵石打蜡后在纸上摩擦，使纸显出立体的花纹图案，此纸主要用于祭祀。

花纸：将纸铺在刷有颜色的木刻花纹（动物、花草等）板上，刷印出有花纹图案的纸。

花笺：刷印出来的花纹图案纸中有吉祥语。

花纸与花笺：可作房屋家具装饰，也可作白事纸扎动物、房子等的用纸，实际上就是木版年画的一种，用于装饰就相当于今天的墙纸了。

当时他家有四块梨木木刻花纸板，尺寸是50 cm×75 cm，有龙凤等图案，后因夏季水淹刷房街，被洪水冲走了。

顾文清：66岁，梁平木版年画传承人后代。

他家世代开刷房，其父顾仁安（1985年去世）是年画印刷工，生产五色纸、花纸等，至今珍藏有两块其父用过的花纸木刻雕版，涂过一红一蓝颜色，尺寸均为42 cm×50 cm×3.5 cm。

刘新华：80岁，梁平木版年画印刷工。

他家开刷房，他父亲刘祥发（1972年去世）及其三个儿子都刷红纸、粉笺纸，他家商号是“刘祥发”，他家在刷房街的老屋现存有当时他家作坊的物品有木桶、铺案板的长木凳等。

孙方见：55岁，梁平木版年画传承人后代。

他家先在刷房街，后搬至今袁驿镇石榴村三组；他父亲叫孙文富，已去世，20世纪70年代他看见父亲印门神画，分大门和后门，有秦叔宝、尉迟恭，品种有三四个；1978年孙方见看见两个人来他家，给父亲照了相，买了父亲的门神画。

对孙方见所言之事，联系我对石榴村书记唐忠祥、袁坝驿政府退休干部周履然的采访，以及之前采访年画专家李斌时，他说是在袁坝驿石榴村孙姓之家买的门神画，有大年画，还有“将帅”品种，推断出孙方见当时在他家看见的两位来访者正是李向东老局长和李斌。另,李斌还说袁坝驿木版年画著名的“锟发号”商号主人姓“陈”,难道这陈姓主人就是门神年画家陈章昆(这“昆”字是我采访时随意写的同音字)吗?

为了在袁坝驿刷房街寻找梁平木版年画,我四下袁坝驿,四次走进刷房街,随访随遇随记,如此便有了上面这些袁坝驿的梁平木版年画的民间艺人和他们的点滴故事。未解开的木版年画谜团和未遇着的艺人及其后人,只好等我再次采访续记了。

我在袁坝驿刷房街一路寻找梁平木版年画,街边的油菜花成片盛开着,那是梁平木版年画主色调之一的藤黄色,绚烂而喜庆。此时此刻,似乎整个刷房街一下变成了一幅戏曲人物题材的梁平木版年画,我就在戏曲年画里行走,听着生活在袁坝驿刷房街背景里面的一个个戏曲人物,讲述一段段梁平木版年画的动人故事,感慨万千。

这方多情而富饶的水土,曾经养育了一批又一批巴山蜀水的能工巧匠,书写了被誉为“中国民间文化艺术之乡”梁平的木版年画产销两旺的辉煌历史,令我们不敢忘记这段正在迅速遗失即将消亡殆尽的珍贵的梁平“非遗”记忆,不敢拆掉承载这段“梁山好汉”精神与艺术记忆的清末吊脚楼老房,以“留旧修旧如旧”的科学态度替代“拆旧建新作旧”的无知行为,打造出百里竹海旅游景区一个富有历史富有故事的文化景点……袁坝驿刷房风情街,让我们和后来者能目睹袁坝驿刷房街那些能真正见证的厚重历史。

南山深处听天籁

◉ 胡雁冰

琴者，禁也。琴者，心也。抚琴弈棋，吟诗作画，登高远游，对酒当歌，是古时候文人士大夫生活的生动写照。

在中国古代漫长的社会生活中，“琴棋书画”历来被视为文人雅士修身养性的必由之径。古琴因其清、和、淡、雅的音乐品格，寄寓了文人凌风傲骨、超凡脱俗的处世心态，被视为高雅的代表，亦为文人吟唱时的伴奏乐器。

大量诗词歌赋中都有琴的身影。“众器之中，琴德最优”（嵇康《琴赋》），表明各种乐器中，古琴具有最优异的品德，最适宜君子作为修养之具。琴不仅仅是一种乐器，更是文人雅士以琴静心悟道、修身养性的一种生活方式。自古“琴”为其特指。20世纪20年代，为了与钢琴区分，改称“古琴”。

古琴，又称瑶琴、玉琴、丝桐、七弦琴等，是中国的传统乐器，传承历史超过3000年。由于古琴及其所象征的文化思想式微，2003年11月7日，中国古琴音乐艺术被联合国教科文组织列入世界第二批人类口头和非物质文化遗产代表作名录。2006年5月20日，我国将古琴列入第一批国家级非物质文化遗产名录。

在山城肺叶、绿色屏障的重庆市南山中，有大音希声的悠悠古琴，在重庆南山琴社袅袅回响。"南山古琴艺术"2015年被列入南岸区第三批非物质文化遗产代表性项目名录；2016年被列入重庆市第五批非物质文化遗产代表性项目名录。

"南山古琴艺术"现有市级非遗传承人一名，区级非遗传承人四名。著名古琴家、书法家兰滇军，就是市级传承人。他还是重庆市音乐家协会古琴专业委员会会长、重庆南山琴社副社长、重庆工商大学古琴客座教授。2015年12月，他被评为重庆市首届民间文化艺术之星。

兰滇军说，现在已知古琴曲有3000余首，但真正传承下来的仅30余首，民国时经古琴大师努力复原了几十首，剩余2900余首仍有待后辈中的有缘人来复原。对此，他也做了积极的探索。2016年1月，兰滇军用自己打谱的孤本《招隐》，首次在"成都中国古琴艺术荟"上演奏，获得成功，得到当今众多名家肯定。从2005年习琴开始，兰滇军先生广泛吸取各流派优秀理论和技法，形成苍劲高古、跌宕悠远的鲜明艺术风格。他坚持使用传统减字谱和口传心授的方式，确保古琴艺术按其自身规律得以保护和传承，并培养了一大批优秀琴人。他积极投身公益活动，在重庆市内多家图书馆、30多所大中小学、20多个街道社区、20多个企事业单位举办过古琴讲座和演出。他还参加了国务院新闻办、国家汉办等举办的国际文化交流活动，赴哈萨克斯坦、泰国等地展演古琴，推广中华文化。

古琴艺术作为中国器乐艺术的集大成者，包括了琴弦制作、音律构成、演奏技巧、乐谱传承等等。

古籍记载伏羲作琴，又有神农作琴、黄帝造琴、唐尧造琴等传说。它造型优美，常见有伏羲式、神农式、仲尼式、列子式、连珠式、落霞式、灵机式、蕉叶式、剑式等，主要是依琴体的项、腰形的不同而有所区分。由于长期演奏的振动和木质、漆底的不同，琴面可形成多种断纹，如梅花断、牛毛断、蛇腹断、冰裂断、龟纹断等。一般而言，断纹越多，说明古琴年代越久远。有断纹的琴，琴音透彻、外表美观，所以更为名贵。古代名琴有绿绮、焦尾、大圣遗音、九霄环佩等。古琴有标志音律的徵13个。音域为四个八度零一个大二度。有散音、泛音、按音三种音色。散音7个，泛音91个，按音147个。散音松沉旷远，让人起远古之思；泛音则如天籁，有一种清冷入仙之感；按音则非常丰富，手指下的吟猱余韵、细微悠长，时如人语，可以对话，时如人心之绪，缥缈多变。泛音像天，按音如人，散音则同大地，称为天地人三籁。在古琴音乐三音交错、变幻无方、悠悠不已之中，凡高山流水、万壑松风、波光云影、虫鸣鸟语及人情复杂之思和宗教哲学之理，尽能蕴含表达。

古琴的声音非常独特，“静”可以说是其最大特点，琴音也被称为“太古之音”“天地之音”。这里的“静”还有两层意义，一是抚琴需要安静的环境，二是抚琴的人更需有安静的心境。古琴演奏很讲技巧。将琴置于桌上，左手通过“吟、猱、绰、注”等指法按弦取音，右手采取“抹、挑、勾、剔、打、摘、擘、托”等指法拨弹琴弦。双手配合，演奏出轻柔宁静、空灵回旋、激越高亢的旋律，余音缭绕，一咏三叹。让人心平气静，物我两忘。

兰滇军先生演奏时，左手按令入木，以驱轻浮；右手弹欲断弦，以求坚实；勾剔摘打，厚实精到；吟猱绰注，细腻传神。旋律轻灵飘逸，听者如登仙境。

古琴，蕴含着丰富而深刻的文化内涵，“和雅”“清淡”是琴乐标榜和追求的审美情趣，“味外之旨、韵外之致、弦外之音”是琴乐深远意境的精髓所在。陶渊明的“但识琴中趣，何劳弦上音”，白居易的“入耳淡无味，惬心潜有情。自弄还自罢，亦不要人听”，所述同理。而“对牛弹琴”“焚琴煮鹤”则是形容对琴的无知。

古琴的韵味是虚静高雅的，要达到这样的意境，则要求弹琴者必须将外在环境与平和闲适的内在心境合而为一，才能达到琴曲中追求的心物相合、人琴合一的艺术境界。宋代朱长文在其《琴史》中说：“昔圣人之作琴也，天地万物之声皆在乎其中矣。”琴音的松沉旷远，能让人雪躁静心，感到和平泰然的气象，体验内心的祥和喜乐；琴乐的洁净精微，能让人感发心志、泻泄幽情，化导不平之气、升华心灵境界。

“独坐幽篁里，弹琴复长啸。”古琴艺术由于其音乐的特质能顺乎自然，耐人寻味，符合中华传统文化追求意境、崇尚内在和寓意含蓄的特征，它含藏着中华民族文化精神的内核，体现了古人修身悟道的德行，而成为人格培养和精神升华的重要方式和手段。古琴之音，既醇和淡雅，又清亮绵远，意趣高雅，乐而不淫，哀而不伤，怨而不怒，温柔敦厚，形式中正平和，无过无不及。琴道更是让有素养的文人士大夫为之一生追求。

1977年8月，美国发射的“旅行者2号”探测器上，放置了一张可以循环播放的镀金唱片，从全球选出人类的代表性艺术，其中收录了著名古琴大师管平湖先生演奏的长约七分钟的古琴曲《流水》用以代表中国音乐。这首曾经由春秋时代著名琴家伯牙弹奏并让他与钟子期结为知音的古曲，如今又带着探寻地球以外天体智慧生命的使命，到茫茫宇宙中寻求新的“知音”。

重庆南山琴社是由重庆市文化和旅游发展委员会主管、在重庆市民政局登记的非营利性的民间机构，依托重庆工商大学艺术学院、南山书院等，致力于团结广大古琴艺术爱好者，积极深入开展古琴艺术的挖掘、抢救、保护、研究、传承、推广工作，以弘扬中华优秀传统文化，促进重庆文化大发展大繁荣。琴社多次邀请国家级、省级非物质文化遗产古琴项目代表性传承人吴钊、丁承运、马维衡、金蔚等先生在重庆传授琴艺、举办讲座，并广泛开展古琴研究、传习、雅集、国际交流等活动。早在2013年，南山琴社就联合重庆工商大学开设了“中国古琴鉴赏”这一全校性通识选修课，这在全国非音乐专业院校中尚属首例。该课程受到重庆工商大学学生的热烈追捧，连续多年成为瞬间报名额满的“秒杀课”。2014年以来，南山琴社承办了由文化部（现文化和旅游部）非物质文化遗产司、中国非物质文化遗产保护中心、中国昆剧古琴研究会主办的“把遗产交给未来”“古琴进校园”“古琴进社区”等活动80余场次，在全市广泛传播古琴文化知识，受到相关党政机关、企事业单位、学校、社区及广大琴友的广泛欢迎，也得到主办单位的充分肯定。2018年，他们还专门为重庆工商大学开办了来华留学生古琴传习班。近年来，南山琴社多次参与了国务院新闻办、重庆市外事办等组织的国际文化交流活动，走出去、请进来，向许多国际友人，特别是“一带一路”沿线国家朋友推介古琴艺术，传播中华文化。

古琴是一门具有深刻历史文化背景的艺术，它以多重美的高雅品质，引人无限向往和追求。在人心易于浮躁的当下，亟须古琴这种恬淡、平和的音乐，沉静人心，回归人性丰富的精神世界。挖掘整理和保护传承古琴艺术，对丰富人民群众的精神文化生活，提高他们的文化素养，树立地方文化形象，传承和弘扬中华优秀传统文化，培育和践行社会主义核心价值观等具有积极意义。

江津米花糖的百年传奇

◉ 施迎合

小时候，在江津条条青石铺砌的古街小巷上，一个上了年纪的老人挑着担子，用浑厚悠长的嗓音吆喝着“炒米糖开水……”声音起处，那甜甜的米花儿香味便弥漫开来，勾引得好吃的我直吞清口水。以至成年后，每每想起那时的情景，心中都会蓦然涌发一种挥之不去的情结。就像一首歌唱的那样：“只是因为在人群中多看了你一眼/再也没能忘掉你容颜/梦想着偶然能有一天再相见/从此我开始孤单思念……”

这就是我记忆中最初的江津米花糖。很难想象，作为粮食作物的糯米和花卉植物的玫瑰花融合在一起会产生怎样的奇迹，又会以怎样的“美”搅动我们的味蕾。然而，奇迹却真出现了。创制于民国初期的江津米花糖，经过一代又一代江津人的不断探索、实验、创新，终于成就了它的百年传奇，成为响当当的“中华老字号”“重庆名牌产品”“商业部优质产品”“国际名牌食品”……让人们说起江津就自然会联想到红红的玫瑰花图案映衬的江津米花糖，洁白晶莹，香甜酥脆……

江津米花糖享誉民间的背后还有创始人陈氏兄弟鲜为人知的故事。一个品牌诞生的背后必定有一段跌宕起伏的不平凡经历。少时，每当我闻到米花糖特有的甜香味时，脑海里总会冒出一个个奇怪的问号：那洁白的糯米花为啥子这样酥脆？那糖里为什么要撒上点点殷红的玫瑰花……带着这样的疑问，在参与续修新编《江津县志》“商业卷”期间，我在津邑经营糖果的工商联人士王志君老先生的帮助下，深入江津斑竹巷老街糖果厂家属院采访了曾为民国时期“太和斋”糖果铺“丘儿”的吴钰高、涂悦枢、谢锡全几位老人，从他们那里获悉了江津米花糖创始人陈汉卿、陈丽泉兄弟鲜为人知的故事。

陈汉卿、陈丽泉是重庆市江津区长冲乡人。陈汉卿在家排行老二，人称“陈二爷”。陈丽泉是陈汉卿的嫡亲胞弟。陈氏家贫，清光绪三十年(1904年)，青年时代的陈氏兄弟即到县城谋生。初时，在江津城内七贤街“曾品三”糕点铺赊销糕点杂糖。每天天刚亮，兄弟俩便背着一个长方形的玻璃箱，内装糖果食品，左手提一面小锣，右手拿着一根小木槌频频敲击，大声吆喝着“买糖、买又香又甜的糕点啰……”沿着大街小巷或进入茶坊酒馆串卖。因兄弟俩勤劳刻苦，生活节俭，几年之后，略有积蓄。宣统元年

(1909年),他们即在城内通泰门外钟姓茶馆(即现在的通泰门区中医院通泰街诊所)内租了半间铺子开设糖果店,取名“天太斋”。因为这里是坐铺,又与茶馆相邻,生意也就好一些,积蓄也渐渐厚起来。他们觉得货品从批发而来,获利有限,不如自开作坊。民国六年(1917年),兄弟俩又将城内小什字“张元臣”茶馆(现小什字重庆金店转拐左角处)租下一部分,自行生产糖果、糕点。在前面摆设柜台售货,后面做作坊,并将原“天太斋”招牌取消,另请前清秀才田存善拟名,由赖春霞先生书写“太和斋”三个大字招牌。其意为:“太者,大也;和者,和气能生财也;斋者,京果糖食杂铺之统称也。”开张后,陈汉卿负责全面工作,陈丽泉则协助经营和管理。

那时,江津民间有一传统食品“炒米糖”。一般家庭在新春佳节到来之时,往往要请打糖师傅到家里打上几盒到几十盒(每盒64封,每封8片,重2两),作为新年待客之用。民间结婚喜庆时更为必备之品,新婚之夜亲友闹洞房(也名闹茶),新娘早早备好炒米糖装于箱内,届时由伴娘取出待客。日久相沿成俗,于是就有卖炒米糖的小贩应运而生,常年挑着担子(一头是火炉和开水,一头是碗匙和炒米糖),早晚沿街叫卖:“炒米糖开水……”炒米糖色黄,不爽口,且带沙。陈氏兄弟亟思改进,改阴米沙炒为油酥,改红糖为白糖,再加冰糖、桃仁、花生、芝麻等辅料,经反复试验,逐渐摸索出一套独特工艺,于民国十三年(1924年),制成油酥米花糖，产品一经问世，大受欢迎。陈氏兄弟正想甩手大干之时，不料房主将房产卖给了西亚银行筹建分行，陈氏兄弟苦心经营的“太和斋”只好迁出。于1939年另以每年租米一百石转顶同业“惟庆斋”（即现小什字“重百”）处继续经营。逐步站稳脚跟后，陈氏兄弟又进一步精选宜宾柏树溪糯米，昭通桃仁，内江花生米、花生油为原料，经15道工序精心制作，从而以洁白晶亮、酥脆化渣、香甜爽口、营养丰富等特色迅速占领市场，遂成江津一大名产，声名鹊起。

米花糖既可作茶点，又可作正餐，更可作为馈赠亲朋之佳品。抗战时期，避难来江津者及过往客人增多，他们都喜爱米花糖这一风味独特的食品。但因封袋容易受潮，不便保管，影响了销量。陈氏兄弟听到顾客反映后，立即改为防潮纸包装。为方便顾客，又将散装改为半斤、一斤的封装，并增设作坊，扩大生产。于是销量日增，声名远播。1943年，江津米花糖首次参加四川省物产竞赛展览会，即获四川农业改进产品评比甲等奖及江津第一届农产品竞赛甲等奖。随着油酥米花糖声誉日隆，仿制者也随之而起。有的甚至打“太和斋”牌号鱼目混珠。

1945年，为保护权益，陈氏兄弟俩商议以“双凤朝阳牌”商标注册。1947年，又将陈丽泉头像印在包装封上，以防假冒。

陈氏兄弟能从一个走街串巷的普通小贩成为拥有数十万家产的江津富商巨贾，除了克勤克俭之外，其在经营、管理上一个个胜人一筹的新鲜招数也让我们大开眼界。

招数之一:设立股金。除兄弟俩控六股外,其余四股均由该店工人认股,认股多少则按其贡献大小而定,按月发薪水,年终按股份分红,把工人的利益同本店的经营成果直接挂钩。

招数之二:重视商品信息和商品质量。陈氏兄弟经常在营业时征求顾客意见,闲时则坐在茶馆打听商业信息。他们经常提醒职工:"缝衣服的没有穿衣服的凶。"意思是穿衣服的主顾最能检验你所做的衣服是否合身。他规定,不合格或氧化了的食品一律不准上柜销售,店里的秤盘、蒲草及其他用具必须用开水烫过,保持清洁。

招数之三:强调服务态度。订立"有顾客进门,必笑脸相迎,介绍品种,对答殷勤,不短斤缺两,不掺劣掺假,不出售霉烂产品,不高抬市价以及按时上班,严守岗位,不酗酒,不赌博,不嫖妓,不盗窃,不舞弊"等店规。

招数之四:吸收游资,扩大生产。陈氏兄弟用比银行存款稍高又比市场稍低的利息吸收游资存入"太和斋",用户可随时取款又可享受买货的优惠。这种方式使他们既有了充足的资金,又有了长期固定的客户,从而保证了销量……

新中国成立前夕,陈氏兄弟以50两黄金在重庆朝天门集义街购买地皮,准备设"太和斋"分店,哪想11月27日蒋军残部隔江炮击江津城,陈汉卿在由斑竹巷作坊返家途中不幸中弹身亡,在重庆城设分店一事只得作罢。

陈汉卿死后，陈丽泉继续经营“太和斋”。1956年，陈丽泉以“太和斋”全部资产投入公私合营江津糖果店。1960年，糖业公司将“太和斋”工人调入江津糖果厂，对油酥米花糖生产工艺又做改进。次年，经中央工商行政管理局注册定商标为“玫瑰牌”。1964年，陈丽泉因病去世。然陈氏兄弟的名字却与江津米花糖紧紧联系在了一起，就像洁白的糯米与红红的玫瑰花一样，亲密相拥，成为一代名产不可磨灭的象征，长久存留在江津人的记忆中，光耀江津，彪炳史册。

江津米花糖传统手工制作技艺，是不可复制的非物质文化遗产。江津米花糖洁白晶莹，香甜酥脆，爽口化渣，甜而不腻。其独特的口感和丰富的营养价值早已被消费者认可。陈汉卿、陈丽泉两兄弟在创制米花糖的过程中，煞费苦心研发的种种专利、“诀窍”，有何秘密？又有何技巧呢？带着这样的疑问和好奇，我在重庆市江津米花糖有限责任公司董事长王忠效那里寻找到了答案。

江津米花糖能够成为一方名产，其独特之处，便是不可复制的传统手工制作技艺。它继承了中华民族几千年的智慧、想象和创造才能，摒弃了“洋机器”，而完全采用纯手工制作，自然保存了地方传统食品的纯正、淳厚、营养、健康……

江津米花糖的制作工艺流程主要有：选糯米、蒸米、制玫瑰糖、制阴米、油酥米、熬糖、拌糖、开盆、切封、包装成品等工序。

选糯米：江津米花糖用料考究，选用西昌、浙江优质糯米，糯米营养丰富，含有蛋白质、脂肪、糖类、钙、磷、铁、维生素B1和B2、烟酸及淀粉等，为温补强壮食品，具有补中益气、健脾养胃、止虚汗之功效，对食欲不佳、腹胀腹泻有一定缓解作用。

蒸米：将选用的糯米去除杂质，用清水淘洗，并将其置于清水中浸泡十小时后装入甑子内蒸熟。甑，乃古代至今蒸食的炊器，一般我国南方居民家中常用，甑是用山木做成的，故蒸出来的糯米幽香味美。

制玫瑰糖：精选四川眉山一级玫瑰，花鲜红带有绒光，高心卷边，花形优美，花瓣质硬，叶片小，色墨绿，质厚，枝硬挺，稍呈弯曲，刺多。玫瑰花摘下，洗净，待水分吸收后，将白糖和花瓣放入石制研钵中，用石杵捣烂，直到糖与花瓣融为一体，成为色泽艳紫、质地晶莹的团块即可。

制阴米：将蒸熟的糯米倒在竹席上，待冷却干缩后，置于通风朝阳处晾晒，经人工翻转、观察，干燥无水分，无炸腰状（米粒饱满、完整、独立成颗，无粘连）即视为晾晒成功。阴米具有暖脾、补中益气等效用。

油酥米：将阴米倒入锅内，用微火炒，等米微熟后将适量的融化后的糖开水倒入米中，把米和糖开水搅拌均匀后起锅，放在簸盖内焐十分钟左右，再用炒米机烘干，然后用花生油（精油、猪油均可）酥米。酥米时，要待油温达150度左右时下米，每次约一公斤，酥泡后将油滴干，筛去未泡的饭干，即成油酥米。

熬糖、拌糖：将白糖和饴糖放入锅内，加适量清水混合熬，见锅内糖熬开起泡后（俗称“起牛眼睛泡”），再将油酥过的阴米、花生仁、桃仁和油酥皮放在锅内进行搅拌，待糖均匀黏附后即可。

开盆、切封：将特制的玫瑰糖、冰糖、熟芝麻洒放于搅拌好的油酥米表面，再抹平、摊紧，待凝固后开块切封，要求每块厚薄均匀，长短一致。

包装成品：把切好的厚薄均匀、长短一致的米花糖放置于案板，包装成品后即完成全部工序。

在了解了米花糖的整个制作工艺流程后，我好奇地问王忠效董事长：“为什么不采用机械操作呢？”他爽朗一笑说：“这个问题很多人都提到过，我们也联合科研单位进行了广泛实验和技术革新，除了个别工序可用机器代替外，关键工序如制阴米、油酥米、开盆、切封等是不可替代的，仍需手工制作，只有这样，才能保证米花糖的原汁原味……”江津米花糖能够畅销百年而不衰，其真正的原因就在于，它传承并发扬了中华传统美食的制作精髓，因此才能成为深受百姓喜爱的地方名产，名扬中外，香远溢清。

翻开江津米花糖的文献资料，我惊异地发现有相当弥足珍贵的历史记录。20世纪50年代，江津米花糖支援解放军进军西藏，随即在北京饭店定点销售，之后又销往香港，并进入国际市场，远销南洋。即有海外侨胞在评议中写道：“由慕名而感到品尝为快，凡来津者，皆欲购买回原地馈赠亲友，共饱口福，却常以买不到手为憾事……”

如今，江津米花糖已实现多样化开发，逐步摆脱了单纯的甜口味，研发上市了椒盐味、麻辣味、水果味、银耳早茶等多种口味，由大块到小块不等的形状满足不同消费者需求的品种，产品畅销全国150多个大中城市，远销美国、新西兰等国家，并形成“玫瑰”“荷花”两大品牌相映红的格局。经历了百年风雨岁月的江津米花糖，将在江津这块丰饶的土地上，以其特有的风味长久香甜人们的舌尖，续写新的传奇。

蜀绣的震撼

◉阿蛮

蜀绣是中国四大名绣之一，在巴蜀民间具有广泛影响。千百年来，蜀绣艺人将其从“女红”技艺上升为一个独特的艺术种类。近十年来，我有幸参与“非遗”保护工作，对蜀绣在重庆的产生、发展及传承状况进行摸底调查，帮助传承人提出保护计划，做国家级“非遗”保护项目申报，与蜀绣产生了一段奇妙的缘分。

一种民间工艺要成为国家认可的非物质文化遗产，必须有保护单位和传承人作为申报主体，但当年重庆蜀绣技艺竟然没有一个保护单位。传承人原先所在的挑花刺绣厂，已在企业改制和旧城改造中关门停产。少数执着于手艺的技师在家里做工，产品由旅游公司上门收购，售价也很低。重庆三位蜀绣大师李尚余、胡惠琴、康宁，也是街道文化员领着我分别上家里找到的。后来成为国家级非物质文化遗产代表性项目代表性传承人的康宁，当时住在一间简陋的小学教师宿舍里，要弯腰从一个临时凿开的砖墙门洞中穿过才能进去。然而，当看到她创作的一件件精美绝伦的刺绣作品时，我的眼睛立即被一种神秘的光亮闪耀得睁不开，心灵也受到强烈的震撼。其双面绣《幽女神思》《猫狗》《谜》与过去常见的刺绣图案迥异。

康宁的代表作《谜》，正面是一位美丽的古代仕女，翻过来却骇然见到一具坐姿相同但方向相反的骷髅，出人意料的大胆构思表现出人生无常的哲学主题。2004年在成都举行的中国民间艺术百绝群英会上，该作品一亮相，便引起轰动并引发了热议。有专家指出，康宁的探索在题材开掘、构思延展和针法创新上都具有特殊的意义。《谜》也因此在此次群英会上获得金奖，并以当时市场最高价列入优秀创新作品竞购名录。

面对从未见过的蜀绣精品，我止不住内心的激动，向她提出"非遗"申报建议。不料康宁却摇头说不想申报，并说她只是一个靠技术吃饭的手艺人，自己做的活计有人喜欢愿意买就行了。她不知道"非遗"是什么东西。

是的，"非遗"是什么？那时大多数中国人都跟康宁一样对这个词汇感到陌生。这也难怪，"非物质文化遗产"的概念提出不过20来年。1997年，联合国教科文组织通过了建立"人类口头和非物质遗产代表作"的决议。2003年10月，联合国教科文组织第32

届会议通过了《保护非物质文化遗产公约》，对“非遗”作出了正式定义：“被各社区、群体，有时是个人，视为其文化遗产组成部分的各种实践、观念表述、表现形式、知识、技能以及相关的工具、实物、手工艺品和文化场所。”所以，“非遗”真的就不是“东西”，而是无形地存在着的某种技能和文化表现形式，由具体的人掌握，人在它就在，人走它消亡。“非遗”保护本质上就是对传承人掌握的特殊技能的保护。

而这一切，包括康宁在内的蜀绣技艺传承人并不知道，社会上也只习惯地把他们称作“手艺人”。没有申报主体，就不能列入“非遗”名录。鉴于这种情况，我建议由渝中区文化馆作为蜀绣保护单位，代表传承人提出申报，由我负责资料整理和申报书的撰写。

在撰写蜀绣的历史渊源一章时，我再次感到了热血沸腾。史料显示，千百年来，重庆在蜀绣的创造和传承过程中占据着十分重要的地位，是与成都并列的两大传承中心之一。屈原《楚辞·天问》有句：“禹之力献功，降省下土四方，焉得彼涂山女，而通之于台桑？”是说大禹治水过程中，娶涂山氏（重庆有涂山古迹及大禹传说）为妻，两人幽会的地点名叫台桑，也就是河边桑林，适合养蚕的地方。而蚕丝则是中国刺绣的第一原料，没有蚕丝就没有刺绣，几千年来都是如此。

重庆中国三峡博物馆珍藏的明玉珍龙袍和秦良玉锦袍，是举世罕见的蜀绣文物珍品，其龙纹、蟒纹、云纹、宝相纹、万福纹、如意纹至今色泽鲜艳，光彩夺目。任何人要做蜀绣研究，到三峡博物馆考察这些实物都是必要功课。

近现代重庆刺绣艺人承续了蜀绣的技艺传统。抗战时期，陪都戏剧繁荣，大量戏服刺绣促进了蜀绣艺术创作的多样化，盛辉成、穆华平、秦万鑫、文学良成为全国著名的蜀绣大师。当代又有林茂森、邱必亮、王清云等享誉全国的工艺美术大师，他们的创作把重庆的蜀绣艺术带到了全国和世界各地，他们的作品很多都成为国家的外交礼品。

在申报过程中，我也对重庆蜀绣与四川蜀绣及苏绣、粤绣、湘绣的异同进行了研究，发现重庆蜀绣具有巴渝地方文化的鲜明特征。如在题材上，多有长江三峡、高山奇峰、吊脚危楼、雄狮猛虎等选择对象。在基本针法和艺术风格上，具有阳刚、奇崛、狰狞、奔放、大胆夸张、想象丰富、贴近生活、幽默逗趣等特点。这些都与重庆及川东地区山高水急、危岩崎岖的自然环境与开放包容的文化传统密切相关。当代重庆蜀绣还以独特的双面异形异彩绣为全国工艺美术界所瞩目，康宁的《耽·啸》、黄敏的《芙蓉鲤鱼》、夏洪的《神女峰》等是这方面的代表作。

国家级非物质文化遗产项目申报需要有代表性传承人的小传，我又与李尚余、胡惠琴、康宁等人反复交谈，从他们的家庭传统、学徒生涯、技艺特征到作品构思、生活状况、传承规划等一一总结。我们很快成了朋友,蜀绣为我们织就了友谊之桥。

2008年,蜀绣(重庆)被列入第二批国家级非物质文化遗产扩展项目名录,康宁成为国家级代表性传承人。李尚余(2011年去世)、胡惠琴、黄敏、李淑兰(李尚余之女)相继成为重庆市级非物质文化遗产代表性传承人。

正是在"非遗"保护这项开创性的特殊工作中,有感于蜀绣传承人那独特而丰富的人生经历,我萌生了写下"非遗"传承人故事的想法。几年之间,这座奇特的城市和一群手艺人的奇特人生,一直萦绕在心间,一种强烈的创作冲动让我的心情久久不能平复,直到写下长篇小说《纪年绣》,久久难抑的情绪才算平复下来。2016年,《纪年绣》入围第九届茅盾文学奖评选,《文艺报》也发表了评论。著名评论家白烨认为:"长篇小说《纪年绣》不仅内蕴丰盈而奇崛,在艺术描写上也有许多闪光的亮点……作品在表现蜀绣艺术的精妙绝伦时,调用了作者所占有的知识与理解,既把一件件蜀绣作品描绘得美轮美奂,又使每个人的作品各有不同的龙章凤姿。这些都使得这部作品以其曲婉的故事、弥蒙的人性、跌宕的人生构成画谜与心谜的交相辉映。"

今天,蜀绣艺人们都有了自己的创作室和传习所,其作品也成为刺绣爱好者和艺术品藏家喜爱的珍品。而回首往事,当年的采访场景和人物故事仍然令我怦然心动。能为"非遗"传承人立传,为国家锦绣般的发展进程留下一段文字见证,我深感荣幸。

龙骨坡抬工号子

◉ 熊　魁

如果你来到巫山之巅，展现在眼前的就是挺拔峰峦、幽美林壑。游走在梁峁溪谷，不时有一阵清澈、干净、醇厚的沧桑之声，震颤着空气，穿透万里长空，直逼耳膜。任“哟嗬嗬——哟嗬嗬——”的生命呐喊犹如浪潮一浪一浪抚过肌肤，钻进毛孔，融入血液，在大脑皮质的沟谷旅行。

如果你再去到某个传统村落，在田埂坡坎平坝场院，看到一些群体劳作的场面：伐木运输，采石开山，建房造屋，架桥铺路，抬猪售卖，装卸货物……一群汉子卸衣搭布，站成人数相等的左右两行，中间是绳捆链绑的重物，他们肩扛碗粗的抬杠，以马步起肩，脚踩人字式步伐，齐整而有节奏地负重前行。走在最前边的人从唇齿间挤出一句：“哟嗬——”后边的人就相互接应：“哟嗬——哟嗬——哟嗬哟嗬——”一阵铺排规整的浑厚乐音混合着呼出的热气，飘向空中，那是撼山动地的肺腑之音，高亢响亮。

如此，你是有幸的，目睹和欣赏了独具特色的民间艺术瑰宝——巫山龙骨坡抬工号子。

巫山是一片古老神奇的土地，是国家级旅游胜地。在江南距县城约60公里有个地方，四周山峦起伏，中间为平坝，这里静默着一处遗址——著名的龙骨坡“巫山人”遗址。在距今200多万年以前，“巫山人”已经完成从猿到人的过渡。这里被考古学家定义为“东亚型直立人”的进化摇篮，也是龙骨坡抬工号子的发源地。“巫山人”世代勤劳耕作、繁衍生息，在长期的生产劳动中孕育和形成了这一非物质文化遗产。

在刀耕火种的远古时代，先民们野外狩猎、制作工具、田间劳作、修造洞穴、搬运重物，往往需要群体合作。人类的生产生活从一开始就蕴含着文化因子。有人说，人类某个祖先在劳动时发出“吭唷吭唷”的声音，别人听到这个声音，就知道他在干活。在干活中，通过这种声音协调了集体步伐，提高了劳动效率，缓解了疲累，释放了感情，大家感觉轻松愉悦，于是就相互效仿传递。于是“吭唷吭唷派”形成了，这是最早的口头文学。不干活的时候，只要人们高兴和愿意，也可以“吭唷吭唷”，并由此产生了歌曲和舞蹈。龙骨坡抬工号子旋律优美、节奏明快，有时配以合辙押韵、内容朴实的唱词，风格粗犷、生动幽默，给人以极为和谐的美感。它赖以存在的劳作形态，直接开启和孵化了一系列民间歌谣和舞蹈动作。

“巫山人”在漫长的农耕社会，在繁重的体力劳动中，世代传唱号子。龙骨坡抬工号子蕴蓄着“巫山人”特有的精神价值、思维方式、想象力和文化意识，凝聚着劳动人民的智慧，是具有古巴楚传统文化特色的民间艺术，随着土著居民的沿江上溯、顺水出峡以及历史上数次移民迁徙而广布、传播。现在，龙骨坡抬工号子经历了从劳动中产生音乐到成为可以独立存在的民间音乐形式的演变历程。以它为基本素材的音乐、舞蹈作品《三峡抬工号子》《三峡抬石歌》等，已经成为极受欢迎的原生态舞台表演艺术并多次获奖。2008年，重庆巫山龙骨坡抬工号子（又名搬运号子、抬帮号子）经国务院批准被列入第二批国家级非物质文化遗产名录。

有的抬工世家，弟兄齐上阵、父子相传、子孙相系，常常东方发白出发，披星戴月回家。衣服往肩上一搭，扛起木杠，夹着榴子（一种分力工具），提上铁杵、马杈，一副抬工的模样跃然眼前。抬工人数、杠子和榴子的多少根据重物的大小和重量来确定，走在第一杠最前面的叫“尖子”，把持最后一杠末端的叫“把子”，撑持中间一杠的叫“窝子”。“尖子”是灵魂人物，负责领唱，指挥整个队伍，控制行进速度，协调抬工步伐，负责通报路况。后杠根据“尖子”通报，用号子回应，相互配合，克服困难。“把子”相当于舵手，掌握行进方向，队伍动作整齐划一。“前靠左，后靠右”“前面一个拐，你拐我也拐”“前面一架坡，后面慢慢梭”……这些呼喊强烈、领合紧凑、气息匀整、精悍简短的号子乐句，至今律动在抬工们的心间血脉里。

龙骨坡抬工号子根据音乐速度分为快腿号子和慢腿号子，路面宽平、较好上路的采用快腿号子，路窄崎岖、上陡下滑的采用慢腿号子。领唱者在每句开头稍有变化，应和者用同样的曲调以衬词伴和，而在终止时把节奏拉长，仿佛一根越来越细的铜丝盘绕而上，升到空中却被一把剪刀剪断。用这种戛然而止，表示一段唱完又起一段或中途休息。“扛上肩啦，哟嗬；挺起腰杆儿，哟嗬；走起来啰，哟嗬；前面拐啦，哟嗬；后面摆起，哟嗬；溜溜路呀，哟嗬；慢慢来啰，哟嗬；脚踏稳呀，哟嗬；停下来啰，哟嗬……”抬工们憋着一股劲儿，从胸膛迸发出铿锵的号子，再陡峻再艰险的山路，也健步如飞。

千百年来，马杈的铁头，沉重的脚步，把古道青石踩出深浅不一的窝子。如今，当你来到巫山，在龙溪、大昌等古镇以及保存完好的传统村落里，依稀可辨这些历史的印记。与劳动伴生的龙骨坡抬工号子就是劳动之歌，抒发着劳动者发自肺腑的生活情感，是人们在繁重的劳动中乐己娱人的幸福之歌。

竹琴流淌的人生

◉马　卫

长江流经万州，一派浩渺平湖，倒映灯火辉煌的城市。一位中年男人，伫立江边，一手琴筒，一手简板，“咿咿呀呀”地唱。

挡定将军把话讲，愚老言话请听端详。

只因为荆襄一块地壤，吴蜀二国动刀枪——

男人清癯，声音高亢。他，就是蒋其书，重庆市国家级非物质文化遗产竹琴的传承人之一，一个从艺40多年的曲艺艺术家。

提琴、风琴、口琴什么的，大家熟。而竹琴是啥？差不多99%的人都不知道。

竹琴艺术，源远流长。传说它的发明人，竟然是八仙里的张果老。他修道时为了抒发情感，用竹和肠皮做成琴，打击伴奏。

所以竹琴早先叫“道情”。

唐朝时，道情主要流传在西安一带。至明末清初，湖广填四川，各地道情纷纷流入，与四川本土民间文化相融合，逐渐演变成为四川民众所喜爱的民间曲艺。民国初年，鉴于道情是竹制器乐，更名为竹琴。

1927年，四川的竹琴艺人云集梁山（今重庆市梁平区），举行规模盛大的全省竹琴比赛，参加的艺人多达100余人。选出了驰名全川的竹琴高手“三根半杠子”（杠子是竹琴的民间叫法）。这些人在唱腔、讲纲、敲琴、嗓音等各方面技艺超群，因而得到同行敬重。此次竹琴界的风云际会，影响极其深远。

重庆竹琴以万州为活跃中心。过去的茶馆，必有竹琴演唱。后来政府建立曲艺队，竹琴成为正式的曲艺形式。直到今天，万州曲艺团仍然保留了多名竹琴演员。熊子良（师承胡新成，原万县曲艺队队长）将竹琴唱进中南海，受到老一辈革命家的热情赞许。华国秀（万州曲艺团副团长），因天生一副好嗓子，最擅长现代剧目演唱。她演唱的《双枪老太婆》《华子良传奇》《八阵图》等长期在四川人民广播电台播出。

2005年，万州区政府将“川东竹琴”列为申报国家非物质文化遗产的项目，2008年竹琴这一古老的民间艺术被正式批准列入国家级非物质文化遗产名录。

2017年9月15日晚，年过六旬的蒋其书，一身唐装，白衣对襟布扣，步履轻盈地走向万州南浦剧场。他演唱的一曲毛泽东的《沁园春·雪》，赢来了热烈的掌声。

蒋其书1956年出生于万州，父亲是木匠，手艺超群。母亲是针纺厂织工。父亲爱坐茶馆听竹琴，他从小跟班似的相随，耳濡目染，也喜欢上了竹琴。据说，他父亲能记得的竹琴戏名，不下于50个。

1973年，蒋其书初中毕业。喜欢坐茶馆听竹琴的父亲，见儿子想学竹琴，也不反对。因为竹琴艺人深受欢迎和尊重。

于是蒋其书拜杨裕国为师。杨裕国，酷爱戏曲、民间文化艺术，一生专事竹琴艺术研究、演出。他对传统竹琴艺术做了许多革新，将传统竹琴的“九板十三腔”，发展为20多种唱腔，30余种板眼。他能演唱90余场竹琴剧目。杨派是万州竹琴大流派。

光阴荏苒，几十年过去。由于老一辈竹琴艺人的去世，如今，除了蒋其书，已很难有人能表演大戏——唱50分钟及以上的竹琴。他在南浦剧场唱的《经堂杀妻》，本来应是二人对唱，男女两角，可惜没有女竹琴艺术家来唱，只好独唱。他现在能唱的有20余部戏，年轻时能唱40余部戏。据他所说，竹琴有100余部戏。有名的有《花子学相》《大审苏三》《杜十娘投江》《华容放曹》等。

现在蒋其书除了带徒弟，希望能找到好的衣钵传人外，就是研究竹琴。比如，他将词的调，化入竹琴的唱腔，大大丰富了竹琴的表现力。《沁园春·雪》就是他独创的竹琴唱腔。在万州区政府的支持下，他曾经出过一本竹琴专著，探寻竹琴历史，记录竹琴名家，记述腔式板调，剖析竹琴艺术。

今天在万州，以蒋其书及其师兄弟和徒弟为代表的一批中河调竹琴正宗传人仍然活跃，积极参与本地的各种演出活动。在2009年“重庆市第二届曲艺大赛”中，蒋其书和付开国、吴永发三人演唱的《三国》竹琴联唱获得了一等奖。媒体评价说：“来自万州的几位老人用原汁原味的川东竹琴征服了评委。”

为了传承竹琴，现在凡有人请其演出，蒋其书绝不推辞。为了“抢救”竹琴这门艺术，凡谁愿学，他坚决教，且几乎免费。他坚信，竹琴这门艺术，会世世代代传下去。

蒋其书，因为竹琴，有了一段充实而快乐的人生。

大河的生命之歌

◉ 陶 灵

9岁时的寒假，我跟外公第一次乘坐川江木船。

跟着外公从岸上的跳板上了船头，一个头裹白汗帕的高个瘦老头打招呼："李佬儿，接外孙过年啊？"外公对我说："这是船上的张家长，喊张外公！"

我叫了声"张外公"，张家长高兴地"哎"了一声，说："到客舱里坐！"

我刚在板凳上坐下，突然身后传来高昂的吼声："喂呀吆哦荷吆嘿哟哦！"回头一看，张家长手掌舵杆，正大张着嘴唱着。音刚落下，船头接着响起一阵整齐的和声："哦咃咃咃咃！"几个手持篙竿的中年船工，有的戳在船头的岸上，有的撑着旁边木船的外舷，我们的木船慢慢后退了出来。

外公说："张家长在喊号子，旧时川江上每条船都专门请人喊，现在不兴了，自己喊。”外公熟悉这一切，他十多岁时就跟我太外公在川江上跑船。外公继续说：“开船了，我们的船从两边停的船中间退出去，叫退挡，要喊退挡号子。”

这天江面“打上风”（吹西风）好行船，但很轻微。一个缺了颗门牙的老头和两个年轻船工使劲儿拉着绳索，手臂一上一下，身子一屈一伸，用竹竿做骨架的布帆“哗、哗、哗……”地一步步上升。缺牙老头脖子上露着筋高唤：“喔啰啰啰……”年轻船工齐呼：“莫在坡上转啊！”“喔啰啰啰……”“河下有人盼啊……”一会儿，船扬帆上行了。

眼前的这一切新奇而陌生，我简直看呆了。外公见我有兴趣，便介绍：“缺牙老头是船上的二篙（船工工种之一），他们扯布条（船帆）喊的是呼风号子。”

我不解：“为什么都要喊号子呢？”

“做活路才不觉得累啊！”外公回答着，轻声给我哼了几句，“大河涨水小河清，一边清来一边浑。中间流成鸳鸯水，浪打沙冲永不分。”第一次听到外公清脆的歌声，曲调悠扬，歌词新鲜。

“好！”背后的张家长叫了一声，他一直在扳舵，听到外公的歌声后说，“李佬儿，今天来一段川江号子嘛！”

这个时候木船来到了二郎滩下，虽然已扬帆，但风力不大，要靠拉纤才能上滩。撑篙的船工都已跳上岸，还有几个坐船的村民也跟着去帮忙，缺牙老头正往岸上放拉船的纤藤。外公也许是很久没喊过川江号子了，经不住鼓动："那就唱一回吧！"他站在船头，张口就来：

爹娘生儿一尺五，
还没长大就送我去读书；
读书又怕挨屁股，
收拾一个包包走江湖！
……

平时我眼里的外公一直是个瘦弱、矮小而不善言辞的老头，这一刻，他却精神抖擞，声音高昂、洪亮，旋律中交织着一种悠远与述说的情感，我完全被震撼了。从此，外公和他的川江号子永远留在了我九岁的那个寒假里。

后来我坐过很多次川江木船，但跟着外公只有这一次，也是唯一一次听到过原汁原味的川江号子，我心中留下了一组永远唱不尽、听不够的歌。

巴蜀地区崇山峻岭，川江及其支流纵横，自古木船便是重要的交通工具。船工在划桡、拉纤等艰辛的生产劳作中，为了协调全船操作步伐，鼓舞大家的劳动情绪，战胜险滩恶水，根据江河沿岸的自然景色、风土人情和航行变化而即兴喊唱出的一种劳动号子，被称为川江号子。后来，经过不断创作、更新，逐渐形成了自己的独特风格，成为四川民歌的一个门类，2006年川江号子被批准列入第一批国家级非物质文化遗产名录。

川江号子由专门的人领喊，船工齐声回应。明清时期，一边喊唱号子，一边还配有专人在船上击鼓。领喊人叫号工，也称开口、号子头儿，他们不划桡、不拉船，工资比船工高一倍，略低于驾长。有的号工记性好，会背各种戏文、故事、演义，又熟悉沿岸城镇的地理人文，能从资阳唱到重庆，八百多里路程内容不重复。重庆市客轮有限公司川江号子国家级非物质文化遗产传承人已故的陈邦贵，就可以领唱20多种曲牌中的200多首号子。

陈邦贵1916年生于綦江，13岁到重庆当船工，常年在川江激流险滩搏击，对川江号子产生了浓厚的兴趣，便拜当时年逾花甲、人称“老小生”的彭绍清为师，学唱川江号子。在彭绍清的指导下，陈邦贵的号子唱腔越来越字正腔圆，十五六岁便在川江小有名气。1956年，陈邦贵到首都剧场参加工人文艺调演，演唱川江号子，荣获一等奖。1987年7月25日，在法国阿维尼翁艺术节世界大河歌会上，71岁的陈邦贵和同伴们演唱的川江号子，让来自全世界的艺术家们掌声雷动。

20世纪50年代中期，开始大规模整治川江航道上的险滩，船工的劳动强度大大减轻，号子声渐渐稀疏。后来，陈邦贵收了一个徒弟。公司里歌唱得最好，并当过水手的曹光裕做了陈邦贵的徒弟，那年曹光裕23岁。曹光裕没有辜负师傅的培养，潜心学习川江号子，30多年来，他参加过世界大河船歌会、上海世界博览会、三峡国际旅游节开幕式，以及中央电视台的节目等重要演出。2013年7月，他远赴德国参加第八届勃拉姆斯国际合唱比赛，一举获得了民歌组金奖和大赛唯一的最佳民族风格奖，同时还获得过国家文化部群星奖金奖、全国渔歌号子大赛金奖等多项比赛大奖。

2010年，作为川江号子传承人的曹光裕创办了重庆川江号子传习所，长期致力于川江号子的保护、传承、展示、弘扬，确保川江号子这一人类征服自然、与自然和谐相处的生命之歌代代相传。

唱出土家喜洋洋

◉ 陈刚权

太阳出来(啰儿)喜洋洋(欧啷啰),挑起扁担(啷啷扯,哐扯),上山岗(欧啷啰)。

手里拿把(啰儿)开山斧(欧啷啰),不怕虎豹(啷啷扯,哐扯),和豺狼(欧啷啰)。

悬崖陡坎(啰儿)不稀罕(欧啷啰),唱起歌儿(啷啷扯,哐扯),忙砍柴(欧啷啰)。

这首欢快的经典民歌《太阳出来喜洋洋》,唱出了生活在大山深处的土家族人不畏艰险、勤劳勇敢、乐观向上的生活态度。说起这首民歌,上了点儿岁数的人都会哼两句。为啥?因为它是世界经典民歌,流传了几十年,还多次在中央人民广播电台播出,两次在中央电视台“春晚”上演出。

要问《太阳出来喜洋洋》是哪里的民歌？其实，这首民歌就是重庆民歌，而且是石柱土家族自治县（以下简称"石柱"或"石柱县"）的县歌。

2005年7月，已至耄耋之年的蓝河老先生在《溯源民歌〈太阳出来喜洋洋〉》中说："1950年初，我在二野十二军文工团歌舞队任音乐教员。当时文工团的美工马泽生同志知道我喜欢搜集民歌，一天中午他介绍一位会唱民歌的石柱籍战士给我……"蓝老先生回忆说，1946年他在石柱中学任过音乐教员，这名战士可能认识他，见面后就亮开嗓子唱起来，而且声音洪亮，一连唱了五首石柱民歌，那首带有"啰儿"的山歌引起了他的极大兴趣。

这首歌有浓郁的乡土味，清新的旋律，而且节奏明快，语序也比一般民歌规整，蓝河就赶紧记录下来。蓝河把整理后的歌谱交给文工团副团长、著名歌唱家蔡绍序，他看后很兴奋，说曲调好，但歌词欠妥。于是找了北碚中学的一位老师——金鼓改了词，还在歌名《太阳出来喜洋洋》旁写下了"石柱民歌　蓝河记谱　金鼓填词"。

这首民歌成型后，在重庆西南军政委员会文教部小礼堂演出，获得首长和听众的一致好评，不久就在重庆人民广播电台播出。1951年蔡绍序独唱的唱片《太阳出来喜洋洋》发行后，中央人民广播电台也热播了这首民歌。

《太阳出来喜洋洋》是石柱土家啰儿调的代表作之一。2004

年，石柱县将此确定为县歌。在2006年，以此为代表作的石柱土家啰儿调被成功列入第一批国家级非物质文化遗产名录。

生活在石柱大山深处的土家人，在长期的生产生活中，为了释放劳动的疲劳，增加生活的情趣，常常会即兴编唱一些山歌。石柱土家山歌，一般为七言四句，受古代巴渝大地广泛流传的竹枝词的影响，在第四字和第七字处附有方言衬腔词“啰儿”“啷啰”，所以称之为“啰儿调”。

石柱土家啰儿调，在长期的传唱中，形成了内容丰富多样、曲调简洁多变、乡音乡韵浓郁的地方民歌。啰儿调每曲音域都在八度以内，腔中少有装饰，行腔起伏流畅，易于掌握，便于传唱。啰儿调歌词多为七字句，演唱人即兴填词，现场发挥，酣畅淋漓地表达歌者的真情实感；其歌词直白通俗，真实地反映了土家人的生活、劳动、民风、民俗、情感等方方面面的内容。啰儿调音韵淳朴而浓郁，特别是啰儿调中大量地运用“啰儿”“啷啰”“啰儿啰”等习惯性方言衬词，使曲子音调与土家族方言的四声声调紧密结合，率真地表现了土家族人乐观、豁达、睿智、幽默的性格，从而形成独特的风格和韵味。

石柱土家啰儿调曲目繁多，不同区域在唱法上各不相同。在长期流传的几百首中，除了蜚声海内外的《太阳出来喜洋洋》是石柱土家啰儿调民歌的代表作之外，还有《长年歌》《怀胎歌》《小情郎》等曲目比较有名。

哕儿调是石柱土家文化的代表之一，20世纪五六十年代，全县有三四百人能唱哕儿调。随着社会文化的变迁，外来流行歌曲的影响，后来能够演唱土家哕儿调的人越来越少，现在能唱土家哕儿调的歌手，许多都年事已高，尚在世的也就只有几十人。

保护是基础，传承才是目的。为了保护、抢救、继承和发扬优秀传统文化，石柱县建立了土家哕儿调传承教育基地，评审、认定土家哕儿调传承人。枫木小学被授予“重庆市非物质文化遗产石柱土家哕儿调传承教育基地”，刘永斌、黄代书等12人先后被授予国家级、市级、县级土家哕儿调传承人。传承从娃娃抓起，石柱县在中小学建立土家哕儿调教学基地，由传承人定期到学校开展传唱培训，每年有3000多名青少年学生接受土家哕儿调培训，参与土家哕儿调传唱的市民，更是不计其数了。

刘永斌，1941年生于石柱土家族自治县枫木乡，石柱土家哕儿调国家级传承人。刘永斌多才多艺，不仅有石柱“民歌大王”之美誉，而且是讲述民间故事的能手和吹打乐能手。刘永斌从六岁就开始跟随父辈学唱山歌，青年时期就活跃在供电公司和地方文工团，经常演唱地方民歌。20世纪80年代，他组建民间乐队，游走在乡村，虽然设备简陋，却向乡邻们展示了哕儿调的天然之美。2012年，刘永斌辞去餐饮企业待遇颇丰的山歌演员一职，回到家乡将自己家族的亲人召集起来，成立“刘家班”专业演唱队，活跃在土家族山寨传播哕儿调。

刘永斌对土家啰儿调有比较深的领悟，传唱曲目较多，风格突出。他的演唱情真意切，音准、节奏控制较好，在当地独树一帜。刘永斌成为土家啰儿调国家级传承人后，为了让土家啰儿调后继有人，他坚持在枫木小学任教，教学生们演唱啰儿调，学校里的每位学生都能熟练地演唱十多首土家啰儿调。刘永斌虽然年逾古稀，但他仍继续挖掘、整理土家啰儿调民歌，为土家啰儿调的传承贡献着自己的余热。

悠扬悦耳的 木洞山歌

◉ 胡平原

巴南区木洞镇坐落于重庆之东、长江之南，这里交通便利，风景如画。木洞山歌，历史悠久，源远流传。相传战国时期，宋玉所写的《对楚王问》中，就刊载着以木洞山歌为主体的“巴人歌谣”。从古至今，经过2000多年的发展变化，勤劳聪慧的木洞人将山歌变得字正腔圆，悠扬嘹亮，悦耳动听，神奇无比。

木洞山歌曲调繁多。譬如有劳动号子、山歌、小调、风俗歌曲、伴舞歌等。劳动号子有船工歌、石工歌、搬运歌、作坊歌、农事号子、劳动歌、跑堂小调等。山歌有禾籁、神歌、盘歌等，尤以禾籁和盘歌最有特色。木洞唱禾籁有高腔、平腔、矮腔、花禾籁、连八句之分；盘歌除自盘外，还有对盘、连句盘，多为即兴演唱，随和自然，生动活泼。小调有启智歌、修房歌、叙事歌、时调谣曲、吟诵调等。风俗歌有节令歌、酒歌、寿礼歌等。

木洞山歌类型较多，如婚嫁歌就包括定亲时唱的拒媒歌、陪奁歌、开脸歌、上梳歌、坐堂歌等；迎亲时唱的梳妆歌、上轿歌、起轿歌、报路歌、车马歌、讨封歌等；成亲时唱的喊礼歌、揭盖头歌、交杯酒歌、贺喜歌、谢客歌、说席歌、祝酒歌等。木洞人在生产、生活和民俗活动中除演唱山歌外，还举办一些传统聚会，如薅秧歌会、婚嫁歌会、丧葬歌会、闹春歌会、打谷歌会、榨菜歌会、螃蟹歌会、摸鱼歌会、牧牛歌会、童子歌会等。木洞山歌真正是门类齐全，博大精深。

1990年重庆市命名木洞镇为“山歌之乡”，从此，木洞以山歌闻名重庆，家喻户晓。1991年重庆市命名第一批40名民间歌手，木洞就占37名。木洞人，都爱唱山歌，都会唱山歌。木洞人劳动时唱山歌，木洞人逢喜事唱山歌，木洞人站在山上唱山歌，木洞人站在江边唱山歌……只要你步入木洞的土地，那悠扬悦耳的山歌便回响在你的耳畔，使你进入美妙的音乐境界，久久难忘。

木洞山歌经过多少代人艰苦卓绝的努力，才唱遍重庆，几进北京，享誉海外。2006年，木洞山歌经国务院批准列入第一批国家级非物质文化遗产名录。听闻这一消息的木洞人载歌载舞，歌声四起，响彻云霄。

此后，木洞山歌的传承和发展走上正轨。他们从学生入手，在中小学校中，不仅每年要定期举办“木洞山歌比赛”，而且山歌教育进入学校的常规课程教育之中。一方面，将木洞山歌渗透进音乐教材、阅读教材中，另一方面，举办山歌教育讲座等，使学生们从小就耳濡目染，学习木洞山歌，热爱木洞山歌。其中有两位老师特别值得褒扬，那就是秦萩玥老师和喻良华老师。

秦萩玥老师从2009年开始，为木洞山歌的传承和发展，精心制订了三个三年的阶段目标任务。第一个阶段的三年任务：搜集民间山歌资料，向山歌传承老师学习，提高演唱技能，编写山歌教材，弘扬木洞山歌文化；第二个阶段的三年任务：通过参加市级、国家级山歌演出、培训讲座等，不断拓宽山歌表演的领域；第三个阶段的三年任务：到中央音乐学院继续深造，参加国内外民间文化交流学习，能在国家大剧院举办一场中西结合的山歌专场音乐会。她按照制订的目标，一丝不苟，兢兢业业，发愤图强。

喻良华老师，已70多岁，演出经验丰富。从五岁起，他就开始学唱木洞山歌，那时听到父母、家人都在唱，在他们的言传身教之下，自然爱上了木洞山歌。后来喻良华在木洞镇青山中学担任音乐老师，教学中他尽职尽责，倾心传承和发展木洞山歌，潜心教学，呕心沥血，劳苦功高。

正因为木洞有这样一些热爱山歌的传承人，所以，从2007年到2011年，在举办的三届中国重庆文化艺术节上，木洞山歌先后获得一、二、三等奖。2016年8月7日，中央电视台《星光大道》重庆选拔赛总决赛，在巴南区政府大礼堂隆重举行。木洞山歌的传承人秦萩玥，凭借木洞山歌《大田插秧行对行》，博得观众雷鸣般的掌声。

木洞山歌传承人秦萩玥，是木洞镇文化服务中心文化干事，重庆市民间文艺家协会会员，四川音乐学院歌剧表演专业高才生。2009年她放弃出国梦，回乡传承、发展本土文化——木洞山歌。她多次参加全国群星奖比赛，使木洞山歌唱遍全国，备受观众喜爱。

木洞，以山歌致远；山歌，是木洞人祖祖辈辈留下的文化宝藏！

酉阳民歌
经久回荡

◉ 姚明祥

重庆酉阳土家族苗族自治县(以下简称酉阳)历史悠久,民风古朴。酉阳古属蛮夷之地,生活在崇山峻岭的蛮夷人能歌善舞。有丧事,在堂屋唱“孝歌”;要出嫁,在闺房吊脚楼上唱“哭嫁歌”;在坡上劳作,要唱开启智慧的“盘歌”;青年男女芳心初动要摘木叶唱“情歌”;为助娱乐还要相互对唱“挖苦歌”,名目繁多,丰富多样。

酉阳人,手不停地劳作,嘴不停地唱歌。劳动的动作可以重复,唱歌的内容却不能“打重台”。这要求是很高的,必须脑瓜灵活,口齿伶俐,出口成章。又没有现成的歌本可记可背,全是临时应对,借景起兴,以物抒情。这么说来,酉阳人天生聪明能唱歌?非也!旧时,唱歌是人们主要的文娱方式之一,是人们交流信息、传递情感的主要渠道,它是一辈又一辈人口口相传的产物。也就是说，它是酉阳各族人民，在长期的生活劳作中逐步提炼形成的。它包含着当地丰富的历史文化、地理特征、乡风民俗、传统道德、人文精神，在璀璨的中华民族文化中，有其厚重的独特艺术价值。

以前酉阳，在当娃儿能记事时，即使父母一字不识，也要教孩子如何“答言交白”，如何启歌对唱。没有正规的课堂，没有一定的时间限制。一年四季，床上路上，田间地头，事务场中，赶街走人户，只要父母高兴，随时都要教唱。在哪个坡，就唱哪个歌。自由灵活，随唱随有，唱之不竭。唱山歌民歌，成为古时酉阳人的追求，是本事的体现。“十里阳雀唱垮百面坡”那可真了得！大人言传身教，细娃耳濡目染。唱歌能觅爱成家，唱歌能谋业做事，唱歌能宣泄情感，唱歌能打发愁闷穷困的日子。会不会唱歌，是旧时能否在深山老林的酉阳生存的重要标志。因此，大人狠劲儿教，小孩使劲儿学。又因酉阳处渝湘鄂黔交界的特殊地理位置，与毗邻地区的歌谣相互渗透，难分你我，形成酉阳民歌的原始雏形。

这方山水养育了这方人，这方人唱出了这方歌。歌声沾着晨光露珠，裹着牛粪炊烟，淌着汗水血泪，在巍巍武陵山上经久回荡。酉阳民歌于2008年被列入第二批国家级非物质文化遗产名录，这对地域民族民间文化的传承与发展，起到了巨大的保护和促进作用。

酉阳民歌种类繁多，但根据它的内容可分为盘歌、山歌、情歌、孝歌、苦情歌、哭嫁歌、挖苦歌、扯谎歌、儿童歌谣、红色歌谣、劳动号子、薅草锣鼓歌等，其形式多为七字四句，含蓄委婉、押韵上口、借物比兴是它的特点。比如《情歌》中的“这山没得那山高/那山有桃又有泡/樱桃红泡郎不想/宁愿和娇吃苦蒿”胜过当今多少肉麻的爱情诗！

清朝酉阳置州府，大清派官员轮流执掌州事。自此，汉文化大量涌入，从湖南常德逆酉水河进龙潭码头，传遍酉阳四面八方，岭岭盖盖，与本土文化交融互生，形成新的地域民族民间文化，这就是现今我们能搜集到的酉阳民歌样式，篇首数量，以千万计。

近些年来，地方政府重视对民歌的挖掘、整理，出版了《酉阳民歌集》一书，成功申报了白现贵等好几个市级民歌传承人。传承人白现贵、田景义在酉阳四中办木叶吹奏培训班，熊正禄在黑水镇、花田乡为村民办“啊啦调”劳动号子培训班，宁清成、宁清孝在楠木乡办“楠木号子”培训班，张宗应在桃花源景区内传艺授徒。每年元宵期间，县上在桃花源广场专场举办“非遗”节目展演。所做的一切努力，无疑对酉阳民歌的传承与发展起到了一定作用。然而，实际却并不尽如人意。满坡都是歌、全民唱山歌的旧日盛况，早已不再。真正会唱民歌的老人，几乎均已谢世。山坡上再难听到一首纯正的民歌山歌。青壮年都出门打工，由于山坡上没了唱歌对手，酉阳民歌瘦得只剩下枯藤了。

对此白现贵是最有体会的。这个出生在酉水河畔的土家族汉子，显得木讷敦厚。他小时候下酉水河洗澡，看见岸上行人摘叶吹歌而走，很是觉得稀奇好耍，自学数月，嘴起水泡，方摸出一点儿浅道道。他曾作为酉阳民歌歌手代表，在四川康定参加少数民族文艺汇演获取了名次。有付出总会有回报，他是酉阳最早获得市级“非遗”传承人称号的人。但是，作为“非遗”传承人，他很焦急又很无奈。现在的传承人都是六七十岁的老人了，迫切需要培养年轻人。他希望酉阳民歌编入地方乡土教材，纳入全县小学生普唱范围，让小学生在课外活动或郊外活动（比如春游等）时练习传唱。撒播新种，培育幼苗，做到后继有人。同时鼓励师生即时发挥，即兴编唱。

而今，山歌已下坡，民歌已进城。如何进一步传承、保护和发展酉阳民歌，使它在新时代有新活力，在新时代有新土壤，在新时代有新作为；如何让它的枝更茂叶更密，永葆勃勃生机，经久回荡，是需要及时研究和行动的。

川剧名扬巴渝风

◉ 张老侃

在重庆说川剧，别有一种自豪感，因为这里是川剧的光华闪耀之地。近年，重庆市川剧院推出的《金子》，曾先后荣获中国艺术节奖、中国曹禺戏剧奖、中国戏曲现代戏突出贡献奖和2002—2003年度国家舞台艺术精品工程“十大精品剧目”称号。

2006年，川剧被列入首批国家级非物质文化遗产名录。2008年2月28日，在北京人民大会堂，由文化部（现文化和旅游部）主办的“非遗”名录项目颁证仪式上，重庆市川剧院院长、中国地方戏曲三大女杰之一的沈铁梅接受了“川剧非遗传承人”证书。

川剧《金子》的文学剧本，出自已故重庆本土剧作家隆学义。《金子》改编自曹禺先生的名著《原野》，在遵循原著精神的基础上做了必要的调整，以金子的情仇爱恨为主线，将原先的“复仇戏”改编成一部“内心戏”，突出了金子身处旋涡中复杂的内心冲突和追求美好生活的强烈愿望。唱腔和对白川味十足，还采用了川剧的变脸、帮腔等独特的表现手段，具有浓烈的川剧特色。同时，沈铁梅的细腻表演，把川剧“程式”运用得流畅自如。有评论说，《金子》的成功是全面的成功，是从剧作到演出的高度完美的成功。《金子》的荣耀，是重庆川剧界的荣耀，也是全体巴蜀川剧戏迷们共享的荣耀。

早在明末清初“湖广填四川”时期，大量的移民从多个省份，带来江西弋阳腔，陕西秦腔、徽调、汉调等多地民间戏曲。而移民分布在全川各地，经过发展、融合形成川戏。按不同唱腔器乐和地理特点，划分成“五声腔”（昆曲、高腔、胡琴、弹戏、灯戏）、“四道河”（以成都为中心的上河，以重庆为中心的下河，以南充为中心的川北河，以资阳为中心的资阳河）。此后这种分类法让位于各流派间的合流，各地戏班、名角、名编剧，都逐渐聚集到重庆、成都两大“戏窝子”。

当年老重庆城的戏院、茶馆、地坝，处处都能听到高亢洪亮，甚至刺耳，但独具特色的川剧锣鼓声。川剧锣鼓音响强大，与今天的广场舞有一比，都是受到远古下里巴人“巴歌渝舞”遗传因子的影响。这里说个小故事：1956年国画大师李可染创作的一幅山水画，就是得益于一场川剧锣鼓。李可染是江浙人，抗战年间寓居重庆，新中国成立后，担任四川省美术家协会（以下简称“川美协”）领导的吴凡是他的学生。川美协的地址当时在化龙桥（今嘉华大桥南桥头)。那年李可染由北京来渝,重返山城,带学生体验生活兼搞创作。他们事先没通知川美协,就在一家旅馆住下。夜里大师正陷入构思的迷梦中,忽被狂噪的川剧锣鼓声闹醒。正巧,与创作的灵感相交集,大师兴奋异常,构思出来了,可再难入睡了。想到这一通川剧锣鼓,不知该抱怨还是该感谢,急忙起身给身在化龙桥的吴凡去了电话……就这样,一幅在中国美术史上留下地位的名画,诞生在山城江边的锣鼓声中。那幅画的名字叫《夕阳中的重庆山城》。

川剧锣鼓是川剧的最大特色,其次才是变脸、吐火、帮腔等。有人觉得锣鼓音噪,而川剧戏迷觉得如饮甘露,听来特别过瘾。川剧戏迷有市井百姓,也有文人雅士、名流大咖。他们常去剧院票戏或者坐馆打玩友。如像抗战时期,住在北碚的大作家老舍,迷上打玩友,实为体验生活学川话、川言子儿。郭沫若"十处打锣九处有他",他嗓音尖细唱旦角,只要郭氏开唱,锣鼓声的野旷劲儿,都要圆柔了许多。

川剧剧目众多,"唐三千、宋八百,唱不完的三列国"。20世纪50年代,一出《杜十娘》轰动了整个川剧界、文学界。该剧为晚清剧作家黄吉安所写,黄吉安有着"川剧界的莎士比亚"之美誉,他留下了大量的川剧剧本,传唱巴蜀达一个世纪之久,比如《柴市节》《江油关》等。他的剧作水准之高、生命力之强、数量之丰,不仅在当时的川剧界堪称翘楚,就是在百年后的今天也无出其右,黄吉安的剧本被川剧艺人尊称为“不可移易一字”之黄本，足见其高妙的文学性。

早于《杜十娘》之前的30多年，川剧里的经典折子戏《情探》轰动重庆。《情探》的作者赵熙是当时重庆的名人，他乃晚清进士、书法家，有“四川第一词人”之称。他写的词，被梁启超誉为“直声在天地，诗名满人间”。赵熙担任过重庆“东川书院”山长，为鹅岭题词“第一江山第一台”。赵熙的《情探》气韵深沉，文辞绝妙：“更阑静，夜色哀，月明如水浸楼台，透出了凄风一派。梨花落，杏花开，梦绕长安十二街。夜间和露立苍苔，到晓来辗转书斋外。纸儿、笔儿、墨儿、砚儿，件件般般都似郎君在，泪洒空斋，只落得望穿秋水不见一书来……”辞藻好，旋律动听，在当年的巴蜀之地，曾被当作流行歌来唱。有一次大作家巴金路过沙坪坝一家商店，听见留声机里在放《情探》，竟在街边站着，听完大半张唱片。巴金是川剧粉丝，他写评论说，川剧剧目多而好，表演有独特的风格，台词精炼而又风趣，生活味道很浓。从剧本到表演都够得上三个字：精，深，美。

如今上年岁的老重庆人，谁都能顺嘴哼两句川剧戏腔：“明亮亮灯光往前照，耳听谯楼三鼓敲……”川剧艺术的热烈氛围影响着巴渝大地，深受老百姓喜爱。

安逸的永城吹打

◉雪 燃

第一次欣赏到永城吹打是14年前的春天。那天在綦江永城镇，十几个人穿着蓝白图案的中式服装，头上缠着红头巾，每人手握一只一米多长的唢呐站在院坝上齐奏，潇洒泼辣，气势豪迈。时如情人丝语，时如瀑布下滩、万马奔腾……在场的人无不拍手称赞。一位镇上的文化干部对我说："千万别小瞧了这个刘家吹打班，他们的技艺传承了300多年，刘班主是第16代传人了。"

"300多年了啊？"当时我感兴趣的就是吹打班300多年的历史。后来，我又专程到永城镇，对刘家吹打班进行专题采访。我采访的第一个人就是吹打班班主刘道荣。刘道荣介绍说，他的先祖刘义文原是湖北孝感人，从小就爱好音乐。年少时，因没有更多的娱乐，刘义文常常自制竹笛、竹哨吹歌自乐，平时喜欢带一帮小孩用瓢盆碗盅等生活用品当作乐器敲打。5岁时一位老师傅相中他并收其为徒，从此以后，刘义文就随着唢呐师傅走乡串户，开始了吹吹打打的生活。

15岁时，刘义文牵头领着兄弟和侄子组建了自己的锣鼓队。那时，大伙只觉得吹唢呐、打锣鼓是一件好玩的事，他们常常聚在院坝，轮流学习吹奏或打击技法。时间久了，就形成了刘家吹打班，当地人遇到红白事都找他们去吹打。就这样，他们以大带小，以老传幼，刘家吹打班就此延续、发展了下来。

明末清初"湖广填四川"时，刘家吹打班第7代传人刘继梳举家迁往重庆，唢呐和锣鼓家什也带了过来。在綦江永城一带定居后，又日渐形成了吹打乐班。

到綦江后，刘家吹打班先辈吸收了川剧里的川钹、堂鼓、竹节鼓、苏镲、铰子、钩锣、荡锣、小马锣、大鼓等打击乐器，另外配上自制的鸟鸣器、哨子等，以营造各种情景氛围和模拟鸟叫声……这些器乐组合在一起，覆盖了所有的高中低音域。

那时，永城镇流传一段顺口溜："七寸唢呐拿在手，五音六律里边有，婚丧嫁娶没有它，闷声闷气蛮难受。"在大家心里，有事不请唢呐就会显得冷清，唢呐越多就越隆重。因此，无论是红白事还是祭祀，都离不开唢呐。

到了刘道荣这代人，刘家吹打班得到了更大的发展。刘家吹打班除了参加乡村的红白事，还参加县、市举办的文艺活动，也获过市里的音乐大奖，他们的吹打曾多次登上电视屏幕。2007年

5月，以刘家吹打班为主体的永城吹打入选了重庆市第一批非物质文化遗产名录，刘道荣被确定为市级非物质文化遗产传承人。2008年6月，国务院批准永城吹打列入第二批国家级非物质文化遗产扩展项目名录。

在綦江的各种文娱活动中，永城吹打成了重头节目，只要有永城吹打出场，现场就会爆发出热烈的掌声。他们的演出足迹遍布全国。2014年9月27日，在陕西韩城举办的第二届“司马迁杯”全国锣鼓大赛上，永城吹打的吹打合奏乐《安逸，安逸，安灯儿逸》迷住了现场观众。经过开幕式、巡游表演、精彩赛事等流程后，刘家吹打班的吹打获得了铜奖。

永城镇中华村是全市有名的新农村建设示范村，永城吹打的主体刘家吹打班就活跃在风景如画的中华村。村里建有“永城吹打陈列室”，在陈列室里，我们就能见到乐班的各种乐器。永城吹打以唢呐见长，通常由7种不同型号的自制唢呐组成，按高中低音逐级递减，从小到大依次是海笛、三台、二台、头台、莽台、大台、特台。最小的海笛杆长仅15厘米，喇叭口直径10厘米，音色明亮，穿透力特别强，最大的一支低音唢呐杆长180厘米，喇叭口直径80厘米，是低音谱表下加一线的F，音色浑厚圆润，极富磁性。唢呐组合音域宽，力度厚，高中低音齐全，声区配搭得当，韵律和谐，声音洪亮，震撼力强。

刘道荣介绍说，永城吹打的演奏派别系“马蜂派”，因吹奏时用喉头的颤音发出蜜蜂一样的嗡嗡声而得名。技于喉舌弹吐、手指弹打、轮换气功，可以连续吹奏数小时、半天之久。力度厚，音量大，粗狂泼辣，气势豪迈。

永城吹打与农村生活方式紧紧相连，吹打的仪式可分为婚庆、寿庆、丧礼、祭祀、节会、农事等类别。在演奏技艺上，按吹法和打法的不同组合，可分为品打、刁打、散打、干打、夹打、刁散打、竹叶吹奏、口哨等形式。而可以吹打的曲牌则有1000多个，单是迎亲嫁娶，就要吹12个不同的曲牌。不同的场合，不同的吹打演奏方式，把气氛渲染得恰到好处，具有浓郁的乡土气息。

经过綦江文化部门的牵线搭桥，从2007年开始，每年都有10名綦江本地的吹打爱好者拜入刘道荣门下系统学习吹打技巧。目前已有100多人在綦江从事永城吹打艺术。2010年3月，永城镇中小学校开办了“吹打兴趣班”，刘道荣走进了中小学课堂，每周两节课，虽说有点儿累，但他教得很开心。现在“吹打兴趣班”有130名学生。几年的学习后，永城中学的“吹打娃”成了綦江文艺活动的靓丽风景，吹打娃们不仅与刘道荣的吹打班上台联合演出，还独立参加了全市的青少年艺术节表演。吹打娃们已初步掌握了吹打技法，刘道荣高兴地说：“现在可好了，我不再担心吹打艺术后继无人了。”

响梆梆的四川评书

◉ 杨耀健

四川评书又称白话演说、评话，表演者用四川方言夹叙夹议地讲故事，开讲前拍醒木提醒听众，一开话匣响梆梆，烘托出热烈的气氛。2011年5月，由重庆市曲艺团申报的四川评书经国务院批准入选第三批国家级非物质文化遗产名录。

宋元时期古典小说增多，习称话本，作品往往加入传说、异闻等情节，故事曲折。文化较为发达的江浙地区的民间艺人，最先以此维生，在茶馆里讲述，很受欢迎。到明清时期，白话小说创作繁荣，为说书人提供了更多素材，说书更为兴隆。

说书人的表演场地是茶馆，不单独售票，由茶馆老板根据当天卖出多少碗茶，按比例付给报酬。说书人的道具、行头简单，随身四大件：扇子、醒木、汗巾、茶壶或盖碗。做说书人的门槛似乎并不高。然而说书人必须记性好，口才出众，以说为主，言之不足尚需手舞足蹈。说书人不是话本小说的朗读者或解说员，而是表演者，那就与戏剧演员一样，也需要神形兼备。况且，说书人是一人一台戏，同时充当多种角色，喜怒哀乐，嬉笑怒骂，“凡夫俗子”难以胜任。

四川评书历来有川东、川西、川南、川北之分，重庆属于川东派。书路不同，风格各异，但总体分为清棚、擂棚两大派别。“棚”指说书氛围，从场地演变而来。大街小巷有茶棚，河边码头有水棚，说书人在哪个地方坐台，就叫作“一棚生意”。

清棚的特点为武书文说，说书人在台上仪态端庄，温文尔雅。清棚艺人一般没有师承，不采用他人套路，全凭自己对文学作品的领悟，加以提炼升华。他们说书时注重抑扬顿挫，快不乱慢不断，字字清句句明，哪怕是句悄悄话，也要让后排座位上的人听清楚。

即便描述火爆武打，清棚艺人也并不张牙舞爪，而将重点放在剖析人物的内心世界上。例如讲《鲁智深大闹五台山》，说书人并不模仿鲁智深的种种动作，而是交代他内心的想法：“这些鸟人欺人太甚，老子无非喝了两杯淡酒，并没有招惹你们，凭什么要将洒家关在门外，不让我吃斋饭呢。赵员外送我进庙，还额外添加了布施的，你们说气人不气人？”这样讲述，听众自然站在鲁智深一边。

擂棚的特点为文书武说，文打官司武打锤，排兵布阵吼如雷。擂棚艺人多为师承,有的擂棚艺人为增强效果,下功夫钻研人物动作,模仿鸡鸣狗吠,并借鉴戏剧表演程式。他们在描绘景物、讲述人物时,往往使用押韵排比句和顶真句,朗朗上口。擂棚听众多为劳动阶层,听书是为了解困除乏。

清棚、擂棚说书风格各异,书目亦大不相同。清棚多墨册,擂棚重条书。墨册指公开出版的图书,如《三国演义》《水浒传》《聊斋志异》《说岳全传》等。条书系师门中口口相传,一般只有故事梗概,过筋过脉的细节也没有文字记载,属于独门秘籍。如《红光剑》《白鹤剑》《玉狮带》《金鸡芙蓉图》《九美剑侠图》等,均不见于印刷品。

重庆的清棚评书大师,首推王秉诚。他本名刘玉声,1900年生于今渝中区陕西路,幼读私塾十年,后到上海中国公学做旁听生。他熟悉本埠社会生活、风俗民情,20世纪40年代初开始撰写《重庆掌故》。它包括数百个中短篇故事,其代表作有《金竹寺在哪里》《魁星楼的来源》《巴县教案始末》《十大凶宅》《肖贵与马绍元》等。1948年,他将其中部分作品结集,以《重庆掌故》为书名出版。

一天,刘玉声到药王庙(今筷子街)茶馆吃茶,有朋友对他说:"老兄龙门阵多,要是搭个台子请你说书,不知你能讲不能讲?"刘玉声说:"我完全可以讲。"于是当即由茶馆老板易补荣牵头,挂牌预告。没想到刘玉声初次登台,外表潇洒雅致,口齿清晰流利,一炮打响。他从此改名“王秉诚”，挂牌说评书。

他起初说《西厢记》《桃花扇》等文学作品，穿插《搜神记》《夜雨秋灯录》等异闻，故事中有故事。为适应听众需要，他也说武侠小说，如《征东》《征西》《蜀山剑侠传》等。但听众最喜欢的还是他自创的《重庆掌故》，讲的都是本地龙门阵。由于长期劳累和多年的困苦生活，他的肺结核日益严重，于1955年病逝。

重庆的擂棚评书大师，有张国栋、程梓贤、徐勍、曾令弟、余顺和等人。张国栋说武侠、刀马书，功底硬扎，一招一式颇为讲究，尤其擅长说《铁血将军录》。程梓贤出道早，民国时期就在石灰市“罗昆”茶馆说《铁骑银瓶》，表演起来有滋有味，书中人物栩栩如生。而据程梓贤介绍，早年重庆书坛还有雷、汤、李三位先生，江湖人称“雷啡啡的炮、汤梓贤的号、李云程的锣”，他们说书阵仗大，打得响，吹得昂。

徐勍在1949年后入行，《一双绣花鞋》通过他的评书广为流传。他改编的故事《红岩》，受到各方好评。他是四川评书国家级“非遗”传承人，中国曲艺牡丹奖终身成就奖得主，与袁阔成并称为“北袁南徐”。

进入新时期，老一辈艺人传艺传薪，程梓贤、徐勍深入基层，辅导群众讲故事，优秀故事员彭明羹、袭连箭、王松林、胡之荣等人脱颖而出。徐勍多次应邀赴贵州遵义、云南昆明等地开办学习班，培训故事员上千人。他还招收徒弟15名，牡丹奖及三度群星奖得主凌淋便是其中的杰出代表。重庆故事员肖化多次参加全国性比赛,多次摘取“故事大王”桂冠。

像其他非物质文化遗产一样,评书不可避免的有一个调整、创新以适应时代的过程。评书艺术的传承者们正在思考、摸索,相信经过努力,必将迎来新的辉煌。

嘉陵江畔少林堂

◉ 刘雪梅

从我在北滨路住家的阳台上看对岸嘉滨路，有一座背倚鹅岭公园、面向嘉陵江，像道观一样的神秘建筑物。那些由瓦片构成的阴阳符号的巨大窗洞，非常有中国元素的设计感和形式感。常经过嘉滨路李子坝，多次看见一块石碑上赫然刻有“少林堂”三个遒劲红字。哦，原来我家对面那座神秘建筑就是少林堂！

这少林堂里面潜藏着什么？好奇心一直萦绕着我，直到有幸参加重庆市散文学会采风活动，我才终于走进了少林堂。在有着3000多张匾额的博物馆里仰视古匾，在2万多册中医古籍里凝视，在到处散发着中草药香的医学博物馆里参观，真是步步惊叹。这里一切都让我感受到中国传统文化与中医药的博大精深！

在听了重庆中医少林堂传承人——刘光瑞先生介绍后，我暗自惊喜，在我家对岸竟有这样一位中医名家！

其实，早在2008年6月，重庆少林堂“针灸·刘氏刺熨疗法”就被列入第二批国家级非物质文化遗产扩展项目名录。作为一名“非遗”传承人，刘光瑞擅长民间医药研究和中医文化传播，至今已创作出版了30多册医疗科普图书。

传承了300余年的“针灸·刘氏刺熨疗法”要追溯到“湖广填四川”时，原籍湖北麻城的刘氏家族，随着移民潮来到四川定居。入蜀的刘氏家族第一代，就开始在遂宁行医，这就是刘氏中医谱系在巴蜀传承的开始。清咸丰元年（1851年），第十代传人刘玉亭在遂宁创办遂安堂医馆，成为四川名医。清光绪年间，遂安堂传人把刘氏医术分别带到了成都和重庆。到了刘光瑞的父亲——刘少林这一代，以针灸、火熨、滚石等绝技为主要治疗方式的刘氏刺熨疗法完全成型。

20世纪70年代以后，刘少林回到重庆，在渝中区中兴路开办个体诊所少林堂，刘少林传承的刘氏刺熨疗法，为众多疑难杂症患者解除了痛苦，少林堂成为当时重庆民间医药界的一个知名品牌。2002年刘少林去世后，其子刘光瑞继承了少林堂，成为刘氏刺熨疗法第十四代传人。

与此同时，刘光瑞还把少林堂从单纯的治疗行医扩展到医学教育和研究领域，创办了中国民间医药博物馆，并在美国、德国等举办培训班。由少林堂研发的中医药产品获得了38项国家专利、4项国际大奖。

“不为良相，即为良医”，刘光瑞和他的父亲刘少林为弘扬中医文化，自始至终不懈追求着。

少林堂的中国民间医药博物馆经过刘少林、刘光瑞父子的苦心经营，馆藏丰富。从1993年10月12日开始，已先后接待过20多个国家的游客，与美国、德国、泰国等国家和地区建立了学术交流关系，在中国成功举办了中德民间医技交流研讨会。2017年6月由中国非物质文化遗产保护中心与新加坡同济医院共同举办的“中国非遗文化周”活动，刘光瑞作为受邀嘉宾，围绕中医药“传承与创新——中国非遗”这一主题讲解刘氏刺熨疗法，让新加坡民众切身地感受与了解中国非物质文化遗产。

能传承、发扬中医药医术，刘光瑞的说法是“一切都是最好的安排”。因为他在很小的时候对于中医的学习，其实是从好奇开始的。那时候一到晚上，就有一些人偷偷跑到家里，来找他父亲看病，非常尊敬父亲。

在刘光瑞大约十岁时，有一次，跟父亲乘火车去外地。当时车上有人昏倒了，听说有医生，原本挤满人的过道立马让出了通道。年少的刘光瑞站在父亲旁边，目睹着父亲扎针、救人的场景，这一幕在他的心中烙下了永恒记忆。

从那以后，刘光瑞就感觉到医生对于生命的意义。父亲曾告诉他，中医是底蕴非常深厚的科学，学习中医除了医术，还要精通文化、心理、人文等各个方面。中医认为，对于病人来说不仅中草药是药，医生的语言、行为其实也是药。父子俩用双脚走遍了云贵川，一边行医，一边搜集一些医书和古匾额。正是刘光瑞小时候跟着父亲行走江湖的经历，让他见到了很多病例，也为后来的学医之路奠定了坚实的基础。

刘氏刺熨疗法经过不断变化发展形成了自成一体的疗法，它包括刺血术和火熨术两大类别。传承口诀既有核心传承疗法，又有临床指导理论。近年刘光瑞又在行医实践中对传统的刺熨疗法加以改进，尤其对针灸术和火熨术的功用做出了科学的解释，使其在治疗风湿关节炎、跌打损伤、颈椎和腰椎病、头痛失眠等常见疑难病症方面更加稳定有效。

荣昌宝贝

◉罗　毅

一

父亲说："这辈子，要是能穿上夏布，该多好！"父亲若有所思，喃喃自语。儿子茫然，什么是夏布？哪里有夏布？

父亲说，他小时候见大户人家有老人穿过。夏布打得粗，经得脏，而且穿上它凉快，吸汗。我们这地方小，没有卖，那稀罕物好像来自西南。父亲说的小时候，大约是抗战时期。

20世纪80年代某一个夏夜里的父子对话结束了。夏布，以一个名词的形式进入了儿子的脑海。随着时间推移，世纪更替，夏布始终未能在家乡出现。后来，父亲走了，带着一生没有穿过夏布的遗憾，匆匆离开人世。儿子参军去了西南，若干年后转业到重庆。偶然的一次文学采风到荣昌，儿子遇见夏布遍地，才猛然记起老父亲当年的嘱托。

“树欲静而风不止，子欲养而亲不待。”睹物思人，作为人子，我心中五味杂陈，无尽的哀伤和悔恨，挥之不去。在渝多年，怎么就没有打听夏布在何方，进而满足父亲的小小心愿呢？

二

夏布，又名麻布，是一种用苎麻以纯手工编织而成的平纹布。荣昌产夏布的历史悠久。冬天的粗夏布衣服可以御寒，夏天的细夏布衣裳散热良好。作为贡品的夏布，“嫩白匀净，通行四方，商贾幅辏”，深得朝廷青睐。

有着“天然纤维之王”“中国草”美称的夏布，可作高档服装、床上用品、褥垫、墙布、门帘、工艺美术品面料。夏布制衣，具有清汗离体、透气散热、挺爽凉快、天然抗菌等优点，是其他纤维制品无法比拟的。今天，随着人们生活水平的提高，审美观的改变，崇尚绿色、自然、环保，夏布制品，当仁不让地被海内外消费者所钟情。

荣昌夏布起源于汉代。清初，湖广移民入川，带来了种麻和织布技术，经与当地织造融合，夏布得以快速发展，至清康熙年间，已规模生产。光绪十年(1884年)的《荣昌县志》说，“各乡遍地种麻,比户皆绩,机杼之声盈耳”。由于夏布质地细、软、轻、白,山西、陕西富商大贾,每岁必入川采买,运至京都售卖,亦转销朝鲜、日本及南洋一带。这样,夏布美名天下知,迄今已有几百年历史。

荣昌的宝贝,除却夏布,还有折扇。作为民间传统工艺品,荣昌折扇以传统的黑纸扇和棕竹扇,绸扇和夏布扇为主打。“开合清风纸半张,随机舒卷岂寻常;金环并束龙腰细,玉栅齐编凤翅长;偏称游人携袖里,不劳侍女执花傍;宫罗旧赐休相妒,还汝团圆共夜凉。”具有300年生产史的荣昌折扇,与苏杭扇齐名,属中国名扇之一。

2008年,闻名遐迩的荣昌折扇和夏布织造技艺荣耀双至,骄傲地成为国家级非物质文化遗产。次年,荣昌耄耋老人颜坤吉被国家文化主管部门确认为国家非物质文化遗产项目夏布织造技艺代表性传承人。

三

我因文学而偶遇夏布与折扇,但那一次赴荣昌采风,却是冲着陶器去的。安富小镇,是采风的目的地。

安富有陶。

有史可证的荣昌陶器出现于宋朝，明清时代大发展。1953年，“荣昌安陶”被国家轻工部命名，与江苏宜兴紫砂陶、云南建水紫陶、广西钦州坭兴陶携手成为中国四大名陶，荣昌遂与江苏宜兴、广东佛山并称中国三大陶都。

荣昌陶器用安富镇鸦山河独特的紫砂类红、白色陶土烧制而成，胎簿、质坚、类瓷，使之享有“薄如纸、亮如镜、声如磬”的美誉。荣昌陶产品分粗陶和细陶两种，前者多为罐、坛、缸等日用陶，后者多有纹饰，多为花瓶、茶壶等工艺陶。装饰手法有刻花、点画花、剪纸贴花、雕填、模印贴花。纹样有卷草、工字纹、折带纹、锯齿纹、水波纹。釉色有朱砂红、西绿、黄丹、乳白、黑等。以黄丹釉为常见，朱砂红釉和西绿釉为特色。令人称奇的是，使用荣昌陶器贮藏物品，不串味、不变味、不渗色，可长期保质、保味、保鲜，极具实用性。

2011年，荣昌陶器制作技艺喜登国家级非物质文化遗产扩展项目名录。

四

在安富镇采风期间，我走遍陶博物馆和陶工业园，驻足陶吧，观大师制陶，被市场内林林总总的陶器撩拨得眼花缭乱。

行走荣昌,我为千年夏布感叹。扼腕之余,赶紧为母亲、为妻儿采购数件夏布制品,不折不扣地当了一回“剁手族”。

后来去香港参加培训,我送给港方老师的礼品,就是两把制作精美的荣昌夏布折扇……

荣昌区,拥有三项国家级非物质文化遗产,实在是苍天眷顾着这块宝地,也是今日繁荣昌盛之荣昌的强大依凭。

锣鼓梁山最有名

◉ 胡雁冰

"垢面去随泥水净，闲身来逐锣鼓狂。"梁平双桂堂破山禅师在《插秧口占》中，为我们描述了这样一种场景。

五月小春收割后，在一汪汪的水田里，欣喜的农人们，怀着丰收的喜悦，一边哼着插秧歌，一边比赛，看谁的秧插得又快又好，地角边有老人小孩的呼叫，田坎上有欢快的锣鼓助阵。于是田泥糊湿了衣衫，也弄花了脸庞，可他们顾不得擦拭。那歌声、笑声、欢呼声，还有那铿锵的锣鼓，泥土的芳香，让他们兴高采烈，激情飞扬。

"锣鼓梁山最有名，迎春乡赛一齐行。归来笑向儿童问，今日是输还是赢。"这首诗描述的则是另外一种场景。一位留守看家的老人，向儿童打听他们的锣鼓队参加乡场上的比赛，成绩如何。

这支锣鼓队所敲打的锣鼓，就是传说起源于唐朝、距今有

1000余年历史的梁平癞子锣鼓。它是独具巴渝文化特色的民间打击乐,人们每逢节日盛会、开业庆典、寿宴贺喜、婚丧嫁娶等各种形式的民俗聚会,都要用癞子锣鼓来助阵。

但为什么叫癞子呢? 难道是这个锣鼓很特别,与常见的不同? 带着疑问,我来到民间文化艺术之乡——重庆市梁平区礼让镇,因为这里是梁平癞子锣鼓的发源地。我走访了出生于该镇老营村的贺志灿,他是锣鼓队的负责人。

“我想知道,梁平癞子锣鼓2006年入选首批国家级非物质文化遗产名录,凭的是什么?”我这样问老贺。

先解疑问。老贺说,因为创始人的绰号叫“癞子”。他介绍,梁平癞子锣鼓一个完整的锣鼓引子有十八段。三个段子一组,共六组。每个组的三段都分别由马锣、钹和大锣开头。不同的锣鼓引子,由六种乐器、五人配合共同来完成。

老贺进一步介绍,全国各地锣鼓流派甚多,但癞子锣鼓不同于其他派别,它有声音洪亮、气氛热烈、音韵起翘、耐人寻味的特点,因此风味独特,别具一格。

六种乐器又有哪些?

有二鼓、马锣、钹、大锣、钩锣、钗子,最常用的是前四种。二鼓是核心,起指挥作用,发送鼓点,掌握节奏快慢、轻重。马锣一般作锣鼓引子的开头及润色用。钹在一场锣鼓中起骨干、分解、壮力的作用,多用于后半拍。大锣掌管一堂锣鼓的音韵起翘,协调音色音量和节奏快慢。这四种乐器根据锣鼓引子的不同，各站其位，各司其职，打击出清脆明亮、悦耳动听的锣鼓段子来。

啊！真是不简单呢。我赞叹。那么，四种乐器，会有多少种组合呢？我好奇地追问道。

以“老癞子”“花癞子”“鸳鸯癞子”“刁癞子”“敖癞子”“干癞子”“重葫芦”“南山网”等“十八癞子”为代表，在它的基础上，可以演变出上百种锣鼓引子来。这就是它的与众不同！老贺自豪地说。

时间回到2004年。在北京建立公司、拥有百万资产的老总贺志灿，回老家看望生病的母亲，父亲拉着他的手说：“灿儿啊，又有好几个打癞子锣鼓的老艺人去世了，咱们流传千年的癞子锣鼓手艺就要毁啦，爸爸好痛心好痛心啊……”

贺志灿从六岁开始，就跟随父亲学习癞子锣鼓，十岁时就能表演癞子锣鼓全套手艺，在礼让镇小有名气。亲切的锣鼓声一直伴随着他成长，中学毕业后，生活的压力让他不得不远走他乡。但他的脑海中始终萦绕着癞子锣鼓的余音，挥不去、赶不走。父亲的话，让他很犹豫，是去北京继续当老总，还是留下来圆儿时的梦？苦思冥想一个星期，他做出了艰难的选择——留下来传承癞子锣鼓，要留住“这渐行渐远的乡音”。

他苦口婆心，做妻子的思想工作；走访民间老艺人，搜集、整理上千首曲谱，编写谱书和简易教材；大胆创新，创作《柚乡鼓韵》

《鸭子戏水》等100多首优秀曲目。在保留传统技艺的基础上，将表演动作融入癞子锣鼓的敲打中，使其更富有观赏性。他还发展自己七岁的女儿和五岁的侄儿当第一批学徒，并腾出自家并不宽敞的堂屋作教学场地，而且动员妻子和父亲，组建起家庭锣鼓队。

从此，茶余饭后，贺家门前总会响起“喽丑当、丑喽当”的锣鼓声，吸引了街坊邻居和众多的孩子前来看热闹，贺志灿的家庭锣鼓队逐渐成为礼让镇上的一道风景。于是，有24个少儿学员的培训班开课了，贺志灿也由此开始了传承梁平癞子锣鼓的事业。

一分耕耘，一分收获。贺志灿先后被重庆市确定为市级非物质文化遗产代表性传承人，2011年底当选为梁平县（现为梁平区）第十三届政协委员。2012年10月，贺志灿代表梁平站上《中国达人秀》的舞台。自此，梁平癞子锣鼓开始风光地登上了各类舞台。

留住老祖宗的根，将梁平癞子锣鼓敲响全国，走出国门，发扬光大，是贺志灿不懈努力的方向。

竹板悠悠金钱板

◉文　猛

爷爷曾说他余生最大的心愿就是再到万州城，再去他熟悉的西山茶庄，捧上一杯茶，听上一段金钱板，度过属于自己的美好时光。

那年，我进城参加中专考试，考完最后一门，遵照爷爷的叮嘱，赶到西山茶庄。疾风骤雨的竹板声闹台后，表演者上台啦，老茶客们说今天表演的是《武松打虎》——

"菜籽开花遍地黄，大路上走来武二郎，手提齐眉短梢棒，背上横背小包囊。好汉回家看兄长，前面不远景阳冈……"

说实话，《武松打虎》的故事家喻户晓，在这方舞台，在古老的长江边，竹板声声中，表演艺人打、唱、说、演结合，有川剧的韵味，有通俗易懂却妙趣横生的唱词，的确让人回味无穷……

几年前，我和一帮万州演员到中央电视台参加《欢乐中国行——魅力重庆·万州》节目录制，万州著名表演艺术家丁长福和我在一个车厢。而我对面的丁长福先生就是万州金钱板国家级非物质文化遗产项目的传承人，这个机缘巧合让我再次走进万州古老的金钱板古韵之中。

金钱板，又称“三才板”“金签板”“金剑板”“打连三”。金钱板的表演道具是三块小竹板，最初的表演中，每块小竹板打有三个孔，孔中穿上铜钱，表演时除有竹板敲打之声，还有铜钱碰撞之音。后来为了便于制作，人们取消了铜钱，形成今天简洁的三块小竹板。三块竹板既作伴奏乐器，又作表演道具。艺人用右手中的一块有节拍地打着左手的两块板的不同部位。响声给人一种清新、铿锵而又和谐的音乐感。击打一两分钟后，艺人跟着金钱板的节拍开始演唱。艺人在演唱时多用方言，以唱代说，要求严格，要句句押韵，并要一韵到底，中途不得转韵。每句唱词，多是七字句，十字句，亦可用长短句，以便演唱者在演唱时能使节奏做到“三停顿”。在语言上要通俗易懂，形象生动，铿锵有力，通常用四川方言、歇后语、谚语和象声词来表达，但又要做到俗不伤雅。

万州金钱板的起源无法详考，比较公认的说法是，于300多年前“湖广填四川”移民开始时形成。当时，清政府鼓励东部人口移民四川等地，由官府出面组织，集体迁徙至巴蜀地区。为解除迁徙路上和垦荒时的劳累寂寞，移民中的文艺活跃分子发明了金钱板这一说唱艺术。

时间回到当下，在万州赶场小学，课间操开始了。操场上领操的不是体育老师，而是从万州赶来的老艺术家潘光正老师。潘老师手中金钱板一响起，台下几百个学生手中的金钱板马上和着响起……

他们表演的是传统金钱板《耗子告猫》的唱段。几百个学生，几百张竹板，整齐的唱词，加上台上台下淋漓尽致的眉眼、身段、指爪、腰腿、步伐等表演功夫，成为长滩河畔一道独特的风景，难怪每天总有远远近近的群众和曲艺爱好者慕名来观看。微电影《传承》里面就有这样的画面，不是摆拍，而是学校每天必需的功课。

尽管已经七十多岁，金钱板声一响起，潘光正老师立刻像变了个人似的。

潘老师说金钱板艺术，一是要板子打得好，三块板子必须打得烂熟，一方面控制节奏，一方面伴奏，烘托演唱气氛和情绪，所以人们不称唱金钱板而叫打金钱板；二是要唱得好，吐字要清，腔调要准，要字正腔圆，词归腔，腔归调，调归工，轻重快慢，强弱对比，以情带声，以声传情，声情并茂。

金钱板在表演时，以故事说唱为主，因此唱词极富叙事特征。词中既有人物，又有情节，还有故事高潮，曲折生动，绘声绘色，引人入胜。传统书目有《三国演义》《水浒传》《武松》《岳飞传》《乾隆下江南》等长篇的“长条书”。还有取材于民间寓言、故事、笑话的二三十句的小段，叫作“诗头子”。在表演上，艺人将打板、表演和唱功有机地结合在一起，通过对题材的理解和艺术加工，让故事形神兼备。

随着国家保护和传承非物质文化遗产的滚滚热潮，万州的竹琴和金钱板声名远播。尽管当年的西山茶庄远去，取而代之的是西山钟楼下的南浦剧场，但是经常有万州的艺术家在那里表演竹琴和金钱板。在那里能常常听到金钱板的表演——

巴渝所辖百多县，热闹不过成渝万，万州要算小重庆，四十八景摆当心……

钟声悠悠，竹板悠悠，江水悠悠，高峡平湖给了万州最阔爽的江湖。

话说走马民间故事

◉ 杨维义　张祥华

故事家家户户讲，男人讲，女人讲，娃娃也讲。殊不知，小小的故事，被走马人讲成了国家级非物质文化遗产——走马民间故事。

早年的走马场（今九龙坡区走马镇）属原巴县（今巴南区）管辖，它西邻璧山，南毗江津，有“一脚踏三县”之称。历史上是重庆通往成都的必经之路，肩挑马驮的行商小贩抵达走马，必在此歇号。南来北往的客商们，除了给这儿的商铺、客栈、饭店、茶馆、戏楼带来巨大的商机外，还会相互讲述听来的稀奇古怪的异地见闻。久而久之，一传十、十传百的龙门阵逐渐丰富，成为当地茶余饭后、休闲纳凉时的口头文学，保存至今。

说起这些民间故事，那真是种类繁多。经年累月地加工创新，使许多故事带有明显的地方色彩和讲述家各自的风格。如魏显德讲述的《头殿阎君开后门》《海龙王招驸马》等，均别出心裁，让人回味无穷。数量较多的是生活故事，其中有两兄弟型、三女婿型、机智人物型等。其中最有影响的是有关机智人物谢冬鸡、安世敏的故事。民间故事概括着神话神仙、风物传说、动植物传说、民俗传说等，里面还蕴藏着独特的文化信息，是巴文化的重要遗存。

说到会讲故事的人，不得不提走马的工农村。全村1000多人，能讲100个以上故事的有15人，300个以上故事的有5人。不但有谢治忠、涂玉坤、张子清、程昌明、刘天鹏、张祥木等一批优秀的民间故事家，还有被誉为“中国的格林兄弟”的魏显德和魏显发兄弟。联合国教科文组织称工农村为走马民间故事蕴藏的“富矿区”，被定为“中国民间文学遗产”，被命名为民间故事村。

历史上走马镇有316人的民间故事家群体，采录出上万则的民间故事，数以万计的歌谣、谚语、歇后语，450余盒原始录音磁带，700余万字的文字资料，引起世人的关注。

1995年，日本广岛大学加藤千代教授一行5人三次来到走马镇，采录、搜集民间文学数千件。同年，中国民间文艺家协会、四川省民间文艺家协会与联合国教科文组织决定对走马镇民间故事进行搜集、录音，并选择部分故事整理印刷出书。1997年，联合国教科文组织和中国民间文艺家协会、四川省民间文艺家协会联合出版了第一本《走马镇民间故事》。

中国曲艺家协会主席姜昆也曾先后三次来到走马，为走马民间故事的传承把脉。他提议在走马打造“茶馆故事会”。2008年，走马镇被命名为“中国历史文化名镇”“民间文学之乡”；2010年又被评为“中国曲艺之乡”。

历史上走马民间故事多以家庭传承为主，讲述人大多是走南闯北的手艺人或民间艺人。故事家魏显德，他的幺祖父、父亲、母亲都是当地有名的故事家。其幺祖父是一位民间艺人，魏显德14岁时就和他一起到过云贵川等省算命、说评书。沿途的见闻和听到的故事，成为他成长的温床。2006年，魏显德成为九龙坡区第一个国家级“非遗”传承人，并被评为“中国十大民间故事家”。

“格林兄弟”魏显德、魏显发去世后，刘远扬成为走马镇第三个国家级“非遗”传承人。1969年修襄渝铁路时，刘远扬曾进入部队文工团，经常下连队和地方演出，得到了锻炼。而且，他小时就喜欢听父母及邻居刘含辛讲故事，更是混在茶馆内和戏楼里的常客，从那些故事、川剧、评书里多少学得了一些讲述技巧。他讲述的《徐半文与徐半仙》《鬼儿子》等添加了自己的想象，听来十分精彩。1990年，他被市文化局（现市文化和旅游发展委员会）命名为“民间故事讲述家”。为传承走马镇的民间故事，他招收了40多个徒弟，走马小学和中学还聘他为校外辅导员，教同学们讲故事。

近年来走马镇18位老一辈优秀民间故事讲述家，有的年老患病去世，有的年事已高，不能再继续传承工作。针对这种情况，九龙坡区及走马镇的相关部门采取了多种传承与保护措施：成立了走马镇民间故事保有会，组建了故事产业小组，培训故事创作、讲述人才；举办中国好故事（走马）邀请赛；与传承人签订保护与传承责任书；对全镇60岁以上的老人进行故事普查；以节会为依托推动故事文化传播，扩大走马民间故事的影响；在走马街上，改造出四个各具特色的茶馆，利用每月的二、五、八赶场天，让故事家和传承人同时举行故事演讲。而今走马民间故事的传承人已有20多人，并建立了以国家级“非遗”传承人刘远扬，市级传承人吴文、朱伟、陈富其，区级“非遗”传承人刘万能、周俊宏等为骨干的走马民间文化传承梯队。他们对走马民间故事的保护与传承，起到了承前启后、继往开来的作用。

永川豆豉传奇

◉ 张老侃

古时候的永川有个绝美的别称“海棠香国”。明崇祯十七年(1644年),在海棠香国出现了一种美食特产,即成熟后经幽闭发酵而成的黄豆制品,当时叫“幽菽”。此二字古色古香,一般人听来很陌生。菽字发“叔”音,指豆类作物。毛主席诗词中的“喜看稻菽千重浪”中的“菽”,就是这个字。

生僻的“幽菽”二字,代表这种美食的制作工艺,即幽闭发酵的化学反应过程,也就是常人所说的黄豆变豆豉的过程。

永川黄豆本是普通的黄豆,可以煮着吃,炒着吃,磨豆浆喝。然而,经过幽闭发酵成为豆豉后,黄豆的身价升高了不少。原本很“低贱”的黄豆,变成了“高贵”的“幽菽”贡品,还曾经进入了慈禧太后的御膳房。永川豆豉疏松散子,油亮发黑,清香味美,化渣回甜。尤其适合与川菜的生爆盐煎肉混炒,舌尖上的感觉,真就是重庆言子儿所形容的那样:“安逸,安逸得硬是不摆了!”

说到这里,有读者会问:豆豉也罢,幽菽也好,其本源都是黄豆,而黄豆各地皆有,为何特地提到永川的黄豆呢?这是啥原因?很简单,因为2008年,经国务院批准,重庆永川的豆豉酿制技艺被列入第二批国家级非物质文化遗产名录。在此之前的1988年,永川豆豉还获首届中国食品博览会金奖。1994年获第五届亚太国际贸易博览会金奖。自打2008年进入国家级“非遗”名录之后,为确保永川豆豉的地理权属,2011年,获“国家地理标志产品”的商标保护。

两个博览会金奖,一个地理标志商标保护,让“永川豆豉”火得不行。

永川豆豉为什么这样神奇?这里,得讲一个传奇故事。

且说明朝崇祯年间,永川城东跳石河边有家小饭店。男老板过世得早,老板娘姓崔,一人打理店面。一日,她刚把一锅黄豆煮熟,忽听门外杀声震天。从门缝偷看,只见古道上刀光剑影、马蹄翻飞。原来是张献忠的兵马,由重庆进发成都,路经此地。百姓为保性命,背井离乡,四散躲避。老板娘崔氏此刻刚煮起一锅黄豆,手足无措。情急之下想到屋后的柴草堆可以暂时隐匿,于是端起锅将黄豆倒进草堆,再用柴草掩盖,而后急急忙忙夺门而去。

逃难的日子过了半月,待兵马平静后,崔氏赶回跳石河小饭店。刚进门房,便闻到一丝淡淡的清香。打开后院门搬开柴草,黄灿灿的豆子不见了，取而代之的是黑乎乎长霉发酵的“黑豆子”。崔氏伤心地哭了起来，本想一气之下扔掉“黑豆子”，又觉得那么多豆子白白扔了可惜。那时兵荒马乱，民不聊生，老百姓想糊口都成问题。于是，崔氏擦干脸上的泪水，拣出“黑豆子”洗净加盐装在坛子里，以留着荒月时家人下饭用。

第二年开春的二三月间，崔氏试着将“黑豆子”端到四方桌上。光滑油黑、清香散粒、化渣回甜的“黑豆子”，惹得食客争相品尝。一位路过跳石河的外地木材商人品尝后，竖起大拇指赞不绝口，追问这道鲜美可口、唇齿留香的菜叫什么名字。崔氏不好意思说出“黑豆子”这三个土得掉渣的名字来，刚好门外一个邻居小男孩的牙齿掉了，又想到木材商人说吃了唇齿留香，崔氏急中生智冲口说出了“豆齿”这个崭新的名字。

木材商人酒足“豉”饱，乐不可支，将豆齿记成了豆豉，一路走一路宣传跳石河的豆豉。永川豆豉的美名，从此在巴蜀大地上传开了。从那以后，凡是到永川的各地客商，都以到跳石河吃崔氏店里的豆豉为荣。大有到了永川，不吃跳石河崔氏豆豉，就等于没进永川城之概。

至1946年，永川豆豉已发展到20余家作坊的制作规模，产品远销到上海。新中国成立后，以崔婆婆的后人为首，成立了永川县酱园厂，厂址定在永川美丽灵秀的北山脚下。永川从此有了豆豉之乡的美称。

永川豆豉富含蛋白质和人体所需的氨基酸，其味独特，香气浓郁，滋味鲜美。既可用于烹饪，也可代菜佐餐，是盐煎肉、豆豉鱼、火锅等特色菜肴不可缺少的调味品，不但营养价值高，又有开胃助食之功效。如今永川豆豉进入了国家级“非遗”名录，得到了更好的保护、传承和发展。

宝顶架香庙会

◉ 李美坤

每年农历二月，大地复苏，春光明媚，风和日煦，正是踏青赏景的大好时光。

有一群人，他们来自天南地北，过米粮铺，踏化龙桥，往大足宝顶山方向缓缓而行，沿路击鼓敲锣，佛歌悠扬。他们穿过了800余年的岁月烟云，要去大足宝顶，朝山进香，祈求佛佑。

大足农历二月的宝顶架香庙会萌动于南宋，兴盛于元、明，历清、民国而不衰。时至今日，它已是大足石刻文化不可或缺的重要组成部分。2014年，宝顶架香庙会被列入第四批国家级非物质文化遗产代表性项目名录。

南宋淳熙至淳祐年间（1174—1252），大足人赵智凤继承柳本尊密法，历经70余年主持建造了宝顶山石窟。于是，就有信众进山朝圣。在宝顶数以万计的佛像中，造像面积达88平方米的大佛湾千手观音造像，以其精湛的雕刻技艺和所代表的大慈大悲的愿望，成了民众朝山进香的圣地。

还有六道轮回龛、父母恩重经变龛、大方便佛报恩经变龛、牧牛图、养鸡女、吹笛女……宝顶山石窟众多具有浓郁地方特色的世俗化、生活化的造像，贴近民众，贴近生活，成为芸芸众生祈福消灾的理想场所。

民俗文化里一定是隐藏着地域文化密码的。如果说大足石刻是一幅刻在石壁上的世俗化了的连环画，那么宝顶架香庙会就是由此延伸出来的一出民俗文化大戏。

民间传说每年农历二月十九日为观音菩萨诞辰，宝顶架香庙会自正月中旬至三月初，前后四五十天均为会期，现在也称为宝顶香会节。农历二月初一、十五、十九上山者最多。其中二月十九为香会正期，尤为热闹，香客来自云贵川渝湘陕鄂等地。

宝顶香会节期间，除自发前往的个人香客外，就是由架香团队组成的团体香客了。团体朝山的架香团队，少者数十人，多者数百上千人。每日架香团队少时十几个，多时百余个，常常排轮次等候至深夜。香客献彩送匾、许愿还愿等个人活动也非常踊跃。二月十八日夜半烧子时香，更是香火照红半边天，爆竹声震群山中。

据记载，1945年，湖南长沙曾有一拨香客队伍达到4000余人，为史上最大的架香团队。他们身佩黄袋，腰系黄裙，手执小黄旗，流星开路，龙灯狮子前导，随后旗锣伞帐，九品香烛，圣驾天子，十八学士，十八罗汉，二十八宿，沿途吹打喧腾。每到一处寺院或城镇，引香师即领唱佛偈。进入宝顶山大佛湾，亦由引香师领队唱佛歌，随众手捧香、花、灯、水、果、茶、食、宝、珠、衣等十色供盘，鼓乐齐鸣，鱼贯而进。他们在大悲阁拜千手观音，交香后，到圣寿寺狮子坝耍彩龙，游城，再到各殿烧香，最后到山顶维摩殿朝拜，以此表示上“三十三天”。

早在宋代，大足就是一个风景优美、物产丰富、游人如织的地方，宝顶架香庙会更是集朝山拜香、商贸、娱乐于一体。香会节期间，龙水五金等地方特产以及日用百货、儿童玩具等琳琅满目，一应俱全。高桩或矮桩狮子、龙灯、川剧、杂耍、打擂、卖唱、西洋镜等娱乐形式丰富多样。凡香客所经之处，沿途皆摆满红苕、凉粉、凉面、油炸粑等各种风味食品。宝顶乡场及附近农村，都是香客食宿之处。香会节期间的收入，有的够一年家用，有的够半年支出。

宝顶香会节是大足独具特色的民俗文化，近年来，大足中敖火龙、万古鲤鱼灯舞等民间传统非物质文化也在其中得以展演、光大。它在引导人们忠心爱国、孝养父母、净化心灵、愉悦心情，学会宽容、利人、和谐相处等诸多方面，起到了积极作用。

如今的宝顶架香庙会，多了许多观光成分。游人在观赏参与中摒弃浮尘，追寻心灵栖息的港湾，引发对美好生活的向往和希望。

老杜与广阳
民间故事

◉ 胡雁冰

“话说古时候，离重庆城没得好远，有两座相连的大山，一座叫铁山坪，一座叫放牛坪。把长江拦腰切断，长江水只有翻过山梁，向下游奔涌，久而久之，在铁山坪山脚冲出一个很深的大水凼……”

在挂有“重庆市故事创作基地”“重庆市民间文化艺术之乡（民间故事）”牌子的一幢房子里，有一间可容纳50人的“聚贤居”大房间，面对座无虚席的听众，一人声若洪钟，正在绘声绘色地讲着故事。

“因山阻隔，长江上游一发大水，两山附近的居民就会遭受水灾。那时，大禹已娶涂山氏为妻。他决心为当地人民做好事，于是拿起抓山神耙，用力挖了三耙，把山挖开成今天的铜锣峡。三耙土甩到了那个大水凼里，形成一座江心岛。这就是今天被称为广阳岛的广阳坝的来历。”

站在重庆主城的江上门户——广阳岛上，隔长江内河，向南放眼望过去，蜿蜒青翠的明月山下，有一片热土：南岸区广阳镇。在这里讲故事的人叫杜志榜，男，1950年生，退休之前曾担任过广阳镇社会事务办公室主任兼镇文化广播电视站站长。他被当地老百姓称为“故事篓子”。

“老杜，他们为啥说你是故事篓子？”我首先发出疑问。老杜开心一笑：“我们当地人说话很形象、很幽默。篓子装东西多，这是比喻我能讲许多故事。”

事实确实如此。杜志榜1991年被重庆市文化局（现重庆市文化和旅游发展委员会）确定为“重庆市一级民间故事讲述家”。

故事讲述家是怎么确定的呢？这个大致按讲故事的数量多少来划分，比如“重庆市一级”是能讲300个故事以上的人，除了讲故事的数量，还要考虑影响力等因素。

“你可以讲多少？”“上千个吧。”“那你是讲故事最多的人了。”“目前是。”谦虚的老杜回答。获得此称号，还在于他在广阳地区发现并带出民间故事讲述者50余人。他曾获得“感动中国杰出文化传承人”等荣誉称号。

广阳镇地处长江边，离主城不远，是重要的水码头。物资集散，贸易繁荣，人来客往，信息灵通。广阳镇的世代子民，滨长江水而生息，倚明月山而繁衍，勤劳智慧，极富想象力和创造力的他们,日积月累,经口耳相传,收集、总结、整理了许多神奇、动人而美好的民间故事。

"在我们广阳,每一块石头,都可能孕育故事。"老杜笑称。

老杜回忆,广阳镇在1987年和2009年两次民间文学普查中,挖掘和搜集民间故事、原创故事等5000余则,民间谚语2000多条,民间歌谣800余首,并灌录磁带200余盒。那之后通过不断挖掘、创编,新故事还在增加。因此,他非常自豪地说:"这些故事啊,一天听一个,十年都听不完。"

为此,重庆市人民政府于2011年4月,将广阳民间故事列入"重庆市非物质文化遗产名录";2014年11月,经国务院批准,广阳镇民间故事被列入第四批国家级非物质文化遗产项目名录。广阳镇政府于2011年6月投资修建了"广阳镇民间故事传承基地",面积达1200多平方米,内设翰文轩、文渊阁、雅俗堂、甘露亭和聚闲居等,是集民间故事讲演、农耕文化征集、流散文物陈列和民俗文化传播为一体的综合传承基地。

"别看故事小,作用可不得了。"老杜说,"这些故事中奇妙鲜活的人物形象、真实感人的故事情节、风趣幽默的艺术构思,丰富了人们的精神生活,影响了人们的行为和操守。"通过讲故事,在十年的时间里,他平息纠纷500多起。这是杜志榜在镇司法所参与人民调解所取得的成绩,也是他作为故事讲述家,感到特别有成就感的地方。

2018年，杜志榜被确定为第五批国家级非物质文化遗产代表性传承人。更让他高兴的是，就在不久前，国家拨出了960万元专款，用于“广阳镇民间故事传承基地”建设。我向他表示由衷祝贺的同时，说出了“非遗”项目比较普遍存在的问题：后继无人。老杜说，他们一直比较重视这个问题，现在老、中、青、少各个年龄段的人配备齐全，特别是注重青少年队伍建设，已启动了民间故事“进校园”“进课堂”活动，在东港学校根据年龄段，开设了大小培训班。

在杜志榜的带动下，不仅讲述广阳民间故事的队伍在不断壮大，故事的内容也在不断增加，比如增加了廉政教育、优良家风家教传承、法制教育、安全教育、防火宣传、社会稳定等内容。故事讲述的形式在不断更新，讲述故事的方法也在不断变化。